W0359668

LES AFFRES DU PLAISIR

Solène-Marie SIMOES

Les Affres du plaisir

Les 3 Colonnes

Pour tout contact :

Éditions Les 3 Colonnes
72 rue du Faubourg Saint-Honoré
75008 Paris
www.lestroiscolonnes.com

Parce que j'ai rencontré des personnes extraordinaires, que je suis devenue l'incontestable admiratrice de ces gens qui réussissent, avancent, pleurent et se relèvent.

Parce que j'ai souvent rêvé d'exprimer ce que je ressentais, que je ne remercierai jamais assez ma mère, incroyable littéraire, aussi forte soit-elle.

Parce que je ne remercierai jamais assez mon père, mon modèle, mon élément bâtisseur.

À tous mes amis, ceux qui m'ont accompagné dans la détresse et ont applaudi mon identité. À mes professeurs, que j'aimerai remercier pour leur désinvolture et leur patience à mon égard.

À cet homme qui a inspiré mes écrits, qui sut trouver sa place et pour qui j'offre ma gratitude.

Aux chevaux, à ceux qui m'ont fait mal, ceux qui m'ont relevé, et à leur immense bonté.

J'ai le mal de vous…

CHAPITRE 1

La nuit que j'avais passée avait été fatigante et les crampes dont je souffrais régulièrement m'avaient reprise. Yodelice venait à l'instant de me réveiller pour une journée prometteuse ; je m'apprêtais à rencontrer un homme de cheval, une figure. J'entrais dans la salle de bains où, comme tous les matins, j'avais mon rituel de fille ordinaire. Les trois quarts d'heure de préparation que je me réservais me permettaient de maquiller mon visage enfantin. Les gens le qualifiaient d'ailleurs ainsi depuis ma plus tendre enfance, bien qu'ils n'eussent pas conscience de mon for intérieur.

Je revenais ainsi quotidiennement dans ma chambre d'internat que je partageais avec Marion, Garance et Élise, m'imaginant en rêve mon futur proche et rangeant mes affaires. Notre semaine basée sur le développement durable m'avait fait réfléchir sur la raison de ma présence ici, dans cet établissement. J'étais entrée en seconde dans un Lycée professionnel de la Vienne pour me découvrir à travers les chevaux. Issue de la Creuse, les gens l'associent à La Normandie, souvent prénommée « La petite Normandie » à juste titre. J'appréciais ses montagnes verdoyantes et ses reliefs vallonnés, ils étaient propices à de longues promenades forestières et des moments de partages uniques liant la nature aux animaux. L'environnement n'était pas si différent ici mais beaucoup plus plat. Leurs forêts étaient belles mais bien moins denses. Ce que je voulais croire en revanche, c'est que cette nouvelle vie en tant qu'adolescente de 15 ans, loin de chez elle, était terrifiante. Bien qu'elle fût parsemée de désirs et d'espoirs juvéniles !

Je suis une passionnée, et c'est la raison pour laquelle j'ai troqué ma peur de l'éloignement familial pour les chevaux. Ils m'avaient accompagnée toute ma courte vie, ils étaient une source de vitalité sans nul doute. Je m'étais lancée dans l'équitation dans un centre équestre, à huit ans, c'était alors devenu une révélation et j'avais juré à mes parents que les chevaux ne me quitteraient plus. Ma mère accueillit d'abord cette promesse comme le rêve d'une petite fille aventurière, puis comme la réalité qui s'imposait à elle. Mon père lui, n'était pas aussi simple de décision. Le lien qui nous unissait lui et moi était l'entrave à ce que sa confiance pouvait endurer de ces animaux. Il avait toujours craint pour moi ce milieu qu'il disait réservé aux hommes, ne considérant mon enthousiasme que comme celui d'un moment d'euphorie, d'un loisir ni plus ni moins.

Les années avaient défié son assurance et puis le monde du cheval, qui tournait alors autour de moi, semblait ne plus avoir de faille capable de me détourner de mes projets. Similairement à toutes les petites cavalières, mon métier de rêve se résumait au monitorat. Tous les enfants connaissent un jour l'envie de ressembler à quelqu'un, le besoin de se distinguer parmi les autres, pour soi. Mais avec le temps qui passait, il fallut se résoudre plus vite que je ne l'aurai cru que ce métier ne se révélerait pas aussi passionnant que prévu. Le problème, c'est que le plan B n'existe pas chez une petite fille de 10 ans, pour elle, tout est blanc ou noir. La nuance n'est pas un critère de choix !

J'ai donc cessé d'avoir envie. Je n'ai plus pris de plaisir et je sentais que l'animal pour lequel j'aurai consacré ma vie s'éloignait, corps et âme à la fois. Inconsciemment peut-être je ne voulais plus de lui, plus de cette manière-là manifestement. Les chutes s'enchaînaient à chaque leçon et le sentiment que l'on cache, que l'on rebute jusqu'au moment où l'avouer devient inévitable, apparaissait soudainement. Il a fallu que j'arrête de monter à cheval. Plus le temps passait et plus je reculais, l'angoisse étant devenue le sentiment premier que j'alimentais. S'accroître de sa propre médiocrité est pour une enfant un cercle vicieux, elle croit être la seule personne à se consumer et s'abandonne.

Le temps m'a permis de repenser mon rapport à eux, on grandit, on pense différemment. Il persistait en moi une crainte mais il n'en était rien en comparaison de ce manque grandissant. Je me suis simplement rendue à l'évidence, la seule personne à pouvoir appréhender ce problème c'était moi. Il en était terminé des moniteurs, de leur cadre, des chevaux que je ne connaissais pas. Je n'avais plus la confiance que l'on donne à celui qui vous enseigne tous les rudiments de l'équitation. L'appartenance est une chose que l'on développe avec le temps, l'offrir n'est pas inné. Il y avait une chose dont j'étais certaine, c'était l'amour inépuisable que je portais à cet être corpulent et vagabond. Bien que je ne fusse plus si assurée sur son dos, il m'était toujours aussi cher. C'est ainsi que je me lançais alors dans cette formation de trois années consécutives pour m'ouvrir sur l'avenir que je m'étais approprié, apprenant ainsi à me découvrir et choisir.

Les débuts furent excitants, s'habituer à vivre loin de chez soi était bien sûr une étape à franchir mais la magie de la liberté juste découverte compensait largement cette distance. Et puis cette liberté était significative pour moi, à 15 ans elle avait nourri ma soif de vivre et mon état d'esprit. En revanche, elle n'a fait que confirmer mes doutes, je n'ai jamais retrouvé la frénésie de l'équitation. Je voyais ma classe entière s'arracher les montures lors des cours tandis que je ne les choisissais que par devoir. Ce que j'attendais le plus de ma semaine de lycée étaient les Travaux Pratiques dans l'atelier équin de l'exploitation agricole. Nous travaillions sur la connaissance du cheval, son environnement, c'était essentiellement de l'accompagnement, consistant à s'approprier l'animal pour l'appréhender. Il y avait tellement d'approches différentes, de situations délicates, que je crois que c'est à partir de ma seconde année que je pris totalement conscience de mes envies. L'équitation ne deviendrait pour moi qu'un plaisir que je me réserverai à l'occasion.

Ce que je voulais désormais, c'était découvrir un autre aspect de l'utilisation d'un cheval, un autre type de relation. C'est alors avec cette semaine-là, que j'ai concrétisé ma décision.

— Vous prenez votre sac aujourd'hui ? demandait Marion à l'ensemble de la chambre.

Je n'avais pas entendu la réponse mais la question me ramenait inévitablement sur Terre. Il me fallut donc quelques minutes pour replier et ranger mes affaires, prendre mon manteau et mon téléphone. On descendit prendre notre petit-déjeuner en salle commune, la discussion une fois attablées tournant comme à son habitude autour de ce que l'on nous servait à chaque repas. De ce côté-là, il n'y avait pas grand-chose à dire. D'après le directeur aucun effort ne pourrait être effectué tant le gaspillage alimentaire était conséquent, pouvait-on seulement le contredire. Comment diminuer le gaspillage lorsque le pain servi est plus dur que la pierre, que le lait est sensiblement coupé à l'eau, que le jus d'orange forme deux couches suspicieuses dans notre verre ?

Vint ensuite la discussion habituelle, appréciée de n'importe quel cavalier : l'état des chevaux du centre équestre mitoyen au lycée, de leur qualité de vie, des moniteurs y enseignant. Ça et aussi le lycée et ses élèves, les profs… Rien qui jusque-là m'intéresse, à quoi bon ? La définition même de leur enseignement étant le conditionnement. À un monde défini, à une volonté de persuader…

— On va encore traîner dehors toute la journée dans le froid ! disait Marion.

— C'est pas grave. On va voir des gros poneys ! répondait Garance.

Garance est une fille rousse, d'une beauté simple et naturelle. Sans artifice. Cependant son engouement pour la vie nous oblige chaque jour à la ramener à la réalité des choses. Sa tête est un endroit imaginaire dans lequel s'associent les idées qu'elle tire de la vie, étant convaincue de tout et de rien. La pauvre est écrasée par ses pensées, oubliée par le bonheur des uns, inutile pour d'autres. Je l'apprécie à sa juste valeur, elle n'est pas vraiment sereine, sa vie est quelque peu chaotique mais elle est droite, entière.

Marion est brune, mince au teint mat. Son arrogance est son atout principal, quant à sa fierté, elle est saisissante, presque blessante mais elle est le reflet de son manque de confiance en elle. Elle n'a jamais vraiment supporté l'échec ce qui est pourtant sa pire confrontation. Mais elle est là, elle sait se montrer courtoise de temps à autre et souriante quand son humeur le lui autorise. Je l'apprécie malgré tout.

— Marion, tu es une petite nature ! Cette rencontre sort un peu de l'ordinaire, non ? On y va ? Apolline va arriver, lançais-je.

Apolline est blonde, mince et taillée comme moi, un petit peu trop l'air masculin parfois. Elle est arrivée en début d'année de Terminal, l'entente entre nous n'a pas bien commencé mais elle s'est vite transformée en quelque chose de plus drôle. Le respect dont elle fait preuve à travers ses propos est considérable, parfois même un peu trop. Elle s'est révélée être très rapidement une amie hors pair !

Je me lève alors de table, laissant Marion et Garance à leurs débats, ne m'ayant pas forcément écouté et comme chaque matin je pars attendre Apolline au vestiaire.

CHAPITRE 2

Nous sommes en marche en direction du centre de formation pour adultes situé à 500 mètres de l'exploitation du lycée. Je refais comme chaque matin le récit de la vie d'interne à Apolline et Juliette. Cette dernière est d'une intelligence rare, sa maturité me permet parfois de m'évader dans des discussions où aucune question ne se pose. C'est une fille posée, elle fait partie de ce cercle de personnes qui ne souhaitent pas s'inclure à tel ou tel groupe d'amis. Avant d'arriver, Apolline me confie tout ce qui peut concerner son cher et tendre voisin et le flirt qui les lient. C'est une fille coincée dans une timidité grandissante, avec nous, cette timide assurance finit par disparaître. L'hilarité de cette histoire s'amplifie de jour en jour. Et comme chaque jour où elle me demande ce que j'en pense, chaque jour je lui réponds que je n'aime pas ce garçon. Quelqu'un de deux ans plus jeunes qu'elle n'est pas la meilleure des décisions selon moi. Il ne peut pas lui apporter la bienveillance, la confiance dont elle a besoin. Son histoire personnelle est déjà trop marquée par des incidents en tous genres, des séjours au commissariat trop récurrents. Il est ridiculement imbu de sa personne, bien trop égoïste pour entamer une relation qui en vaille la peine. De toute façon, ce n'est pas réellement le garçon dont Apolline rêve aujourd'hui. Et après ma réaction négative, elle repart dans ses sempiternelles remarques…

— Mais toi, on sait que tu n'aimes que les vieux, c'est évident !

— C'est pas une question d'aimer les vieux ! Je ne trouve simplement pas chez les jeunes de notre âge la maturité que je recherche.

Et puis je n'ai pas d'intérêt à discuter avec eux autant que j'en ai avec les vieux comme tu dis ! L'expérience parle d'elle-même, répondis-je avec l'aplomb nécessaire pour mettre fin à ses allusions.

— Ouais, en attendant t'as pas beaucoup d'hommes ; de vrais hommes bien sûr… qui se bousculent au portillon, se moque Apolline en insistant.

— Je n'ai pas besoin qu'ils se bousculent au portillon. T'es en forme aujourd'hui, le grand air te réussit ! la brimais-je.

— Absolument ! On était obligé d'y aller à pied ? Ils ont pourtant de quoi nous emmener et avec la température qu'il fait…

Avant que l'on ne se mette à échanger inutilement, j'appris à Apolline les bienfaits de la marche, notamment pour son bien-être psychologique. L'humour refaisait toujours surface malgré nos tumultueuses conversations visant à me mettre mal à l'aise. Nous n'avions fait que 10 minutes de trajet avant d'arriver sur le chemin de campagne qui menait à l'Ermitage, le lieu de perdition d'un centre de formation pour adultes en quête de diplômes. On aperçoit déjà le domicile de Paul Hevenot, mitoyen aux écuries de son centre. Nous avons pénétré dans le domaine à l'allure d'une vieille ferme dont les bâtiments en forme de « U » auraient été tout juste récupérés en l'état. Je me dirige sans hésitation vers le pré où résident quatre magnifiques bêtes aussi massives les unes que les autres. Je suis littéralement tombée amoureuse de cet environnement. De l'endroit où je me situe on discerne parfaitement les joints travaillés de ces murs en pierres, les toitures en tuiles rouges, les portes des écuries et des selleries en bois brut… Le calme qui s'en émane est saisissant, je ressens le vent qui s'engouffre dans les branches d'arbres, dans mes propres cheveux, sur ses nombreuses étendues de près qui entourent le domaine. Cette platitude, cette sérénité, comme si le temps s'était arrêté, sont tellement agréables. Il n'y a plus d'élèves, plus de bruit. Pas de cris, pas de personnes stressantes, pas de règles, pas d'horaires à respecter. Rapidement je fais la connaissance d'un Trait Mulassier, d'un Trait Breton, et de deux Traits comtois qui s'approchent de la barrière pour venir à ma rencontre. Malgré leur corpulence compacte et puissante, on retrouve parfaitement les caractéristiques des races de chacun. L'un est de taille moyenne, trapu et curieux, un autre est reconnaissable à la rondeur de sa croupe et à ses jarrets puissants… Tous viennent accueillir la classe de Terminale dans une arrivée fracassante rejointe par leurs hennissements incessants. Par la suite, Madame Strauss nous demande de nous rassembler face au bâtiment principal. Les prochaines minutes qui suivront me laisseront ridiculement béate, subjuguée par mes émotions difficiles à canaliser.

Un homme d'une quarantaine d'années, de taille moyenne, à l'allure débraillée et à l'air sérieux vient d'apparaître sur le seuil du bâtiment. Vêtu d'un jean sombre, d'une chemise noire et d'un chapeau accentuant son caractère apparemment bien trempé, il nous observe comme si nous étions des animaux. La patience n'a pas l'air d'être sa qualité première. Je me délecte de son charme et de sa personnalité imposante. Cet homme est troublant. Il s'approche de nous, tel un chat devant sa proie, saluant l'ensemble des élèves et Madame Strauss. Ils ont l'air de se connaître puisque je découvre une nouvelle facette de cet homme taciturne lorsqu'il lui sourit. Je ne m'attarde pas sur cela même si je suis étonnée de cette proximité qui n'a pas l'air de leur être familière.

— Je vous présente Paul ! Il est formateur ici à l'Ermitage, et s'occupe de l'enseignement en formation de chevaux attelés. Vous avez peut-être déjà eu l'occasion de le croiser dans les couloirs du lycée ou sur nos événements. On va rester toute la matinée ici avec lui, en espérant qu'il veuille nous faire part de son savoir-faire, dit-elle en lui jetant un coup d'œil amusé. Ce, bien sûr, en abordant le thème de notre présence ici aujourd'hui, à savoir le développement durable. Vous n'êtes pas sans savoir que les chevaux sont de plus en plus intégrés dans les villes et les forêts depuis quelques années. On va peut-être commencer par les présentations et puis ensuite Paul m'a proposé de vous initier sur un petit slalom au menage, nous déclare Madame Strauss en souriant, détendue.

L'homme qui jusque-là gardait le silence auprès de notre enseignante, s'approche maintenant de la classe et d'une voix qui porte, s'adresse à nous, laissant un silence attentif s'installer.

— Bonjour. Comme vous l'a dit Maïly je m'appelle Paul Hevenot et je suis formateur ici à l'Ermitage depuis maintenant 8 ans, se présente-t-il, l'air grave. J'ai appris à travailler la terre avec les anciens, et à l'époque, la mécanisation agricole n'était pas aussi moderne qu'aujourd'hui. On avait un Trait Mulassier à la ferme, qu'on utilisait majoritairement pour le labour et le maraîchage dans les champs. Passionné par le travail du sol, je suis parti me former dans les Vosges dans le but d'acquérir toute la maîtrise et le savoir-faire que l'on pouvait adopter dans le travail à traction animale. Pendant plusieurs années on m'a formé à élever un cheval, ensuite à mener et l'on m'a finalement initié à l'intégration des chevaux en forêts. C'est par là que j'ai commencé. À partir de ce moment-là j'ai donc découvert le débardage sur les berges, à savoir que cette activité comprend un tiers de la formation aujourd'hui, et puis petit à petit je me suis diversifié et j'ai commencé à m'intéresser de plus près à la traction bovine, à ses tenants et ses aboutissants…

Nous l'écoutons ainsi durant une demi-heure nous faire part de son expérience concernant le débardage, l'art de l'obéissance. Il nous confie aussi le projet qu'il a mis en place avec le ministère de l'agriculture qui consiste à intégrer la traction bovine dans le travail de labour et de maraîchage, tout en développant le concept par la création d'outils spécialisés. Je suis étonnée de remarquer à quel point ce « Paul » a pu être un moteur de réussite, et je tends à espérer pouvoir m'initier moi aussi. Je me prends parfois au jeu, au cours de son récit, d'imaginer qu'il pourrait alors m'enseigner tout ce qu'il sait. Je jette parfois des regards à Apolline qui elle, ne voit pas les choses de la même manière que moi. La plupart des gens de ma classe n'ont pas grand intérêt à écouter ce que cet homme prend le temps de nous expliquer, faisant très souvent preuve d'impolitesse vis-à-vis des intervenants. Peu à peu ils se dispersent tous, laissant pour seuls spectateurs un petit groupe dont je fais partie. Certaines personnes ne manquent pas de me présenter lorsque Paul vient à se renseigner sur nos projets d'avenir et notre expérience dans les chevaux. Leurs sourires et leurs petits signes envers moi n'échappent pas au formateur qui s'empresse de me questionner.

— Tu t'y connais un peu alors si j'ai bien compris? me demande-t-il.

— Un petit peu... Je m'intéresse de près à ce monde-là, à la maréchalerie, pour mes projets d'avenir... répondis-je hésitante.

Mon monologue paraît terne et mon expérience professionnelle légère dans ce domaine. Je n'ai pas pris le temps de réfléchir, ni même de respirer. Il n'a rien répondu mais a souri en hochant la tête. Souri ? Non, il a pincé les lèvres seulement ! Je parle toujours trop... J'ai l'impression d'être un moulin à paroles, peu importe le sujet.

Une heure était passée maintenant et l'on suivait déjà Paul dans la sellerie réservée aux équipements des chevaux. Ce fut la caverne d'Ali Baba pour moi ! Les harnais d'attelage sont disposés au milieu de la pièce sur de grands portants suspendus au plafond par des cordes. Il y a différentes couleurs, différentes matières. Sur la gauche de l'entrée se trouvent plusieurs colliers de débardages, chacun plus ou moins particuliers. Ils sont posés sur des patères en bois, tout ici donne l'impression d'avoir été méticuleusement pensé dans un ordre bien établit. Sur la droite de la pièce se trouve l'ensemble des brides et licols destinés à l'utilisation de chacun des chevaux. Et puis dans le fond, je découvre le matériel de débardage gardé dans de grandes malles en ferraille. Au-dessus, on peut profiter d'une magnifique tapisserie représentant un homme d'un certain âge avec son cheval de trait au cœur d'une immense terre labourée. C'est étrange que l'art s'immisce dans ce centre très rustique... Cela rappellerait surtout les hautes écoles de Nuno Oliveira ou Mario Luraschi. Il y a beaucoup de simplicité dans cette représentation mais elle a été réalisée avec une réalité de chaque instant. Le plafond de la sellerie quant à lui est composé de plusieurs poutres vernies et son sol a été gardé en pavés. L'odeur du cuir et du bois mélangés crée une exaltation des sens.

— Ici, on trouve tout un tas d'équipement exclusivement réservé aux chevaux. Ils ont été choisis en taille standard pour certains et sur mesure pour d'autres. Le cheptel s'étant rapidement agrandi au fur et à mesure des années, cela nous a valu beaucoup d'investissements. Les harnais d'attelage sont utilisés moins souvent, c'est pour ça qu'ils sont un peu moins récents. Les colliers par exemple sont utilisés tous les jours sur les chevaux par les élèves. Vous connaissez ce dicton « qui veut voyager loin, ménage sa monture » ? Eh bien c'est exactement la même chose pour le matériel. Entretenir les outils et les équipements rentre dans les critères d'évaluation de la formation. Les adultes que je forme se destinent à devenir des prestataires de services compétents et donc respectueux de présenter leurs animaux et leur matériel. Sachez quand même que plus d'un rechigne à la tâche quand il est de corvée de nettoyage… continue Paul avec un demi-rictus aux lèvres.

Après avoir visité l'ensemble du domaine, il finit par nous montrer le garage où sont rangés les voitures et autres outils hippomobiles. Il nous présente ses voitures de marathon, voitures à 4 roues, équipées de 4 places, certaines à brancards en attelage simple et d'autres à timon en attelage multiple. Il nous montre aussi sa « roulotte » de loisirs, elle ressemble fortement à celles que l'on voit parfois dans les westerns ! Elle est longue d'environ 8 mètres et ne peut être tractée que par deux chevaux. Le châssis ressemble à un plateau, il y a un banc destiné au meneur et à l'arrière, deux autres réservés aux promeneurs. Au-dessus de ces bancs, plusieurs arceaux en ferraille sont disposés en arc de cercle et recouverts d'un tissu blanc. S'ensuit la découverte des outils agricoles et je le sens tout de suite plus impliqué, comme si c'était le moment qu'il attendait.

La matinée est déjà bien entamée lorsque l'initiation débute. Paul propose à chacun de garnir Mélody, une Bretonne de 15 ans spécialisée et appréciée en débardage pour sa force, sa maniabilité et son tempérament facile. Je remarque qu'il y a plus de volontaires que je ne pensais qui se prennent au jeu et se multiplient à la tâche pour y passer. Lena qui a chez elle plusieurs Traits Bretons tente tant bien que mal de suivre les indications du formateur, en vain. Lena, Apolline, Juliette, tous s'affairent à s'aider quant à moi je préfère rester en retrait. Je suis du genre timide lorsque tout se met en œuvre. Cette sensation en moi, près de lui ou devant lui, m'est encore inconnue et je m'avoue gênée par son aplomb, son assurance. Il paraît très autoritaire…

Il intervient finalement pour finir de préparer la jument et donne les instructions pour que l'exercice se déroule correctement. Les ordres qu'ils répètent à la jument sont clairs, il change totalement d'attitude et ne fait plus qu'un avec elle. Je suis terriblement impressionnée, il se montre strict mais juste et punaise quelle droiture !

« STOP ! » me hurle ma conscience. C'est vrai ça, qu'est-ce que je suis en train de faire ? Ces pensées ridicules ne doivent pas prendre leur place dans ma tête déjà bien dérangée ! Tout le monde passe petit à petit sur cet exercice jusqu'à ce que je n'aie plus le choix que de participer. J'ai terriblement envie de me montrer à la hauteur après lui avoir laissé entendre, il y a seulement quelques heures, que je me destinais à tout ça ! Lui montrer que je suis dévouée et prête à travailler dur pour apprendre mais l'angoisse reprend le dessus. À un moment où Nathan est aux guides de Mélody et où l'ensemble de la classe se concentre sur ce que dit le formateur, je me glisse entre Apolline et Garance pour m'approcher de lui. Discrètement je lui demande les guides et marche avec la jument. Je ne peux pas décrire ce que l'on ressent quand le cheval que vous tenez du bout des doigts vous offre le privilège de se plier à la moindre demande que vous quémandez. J'enchaîne les transitions, du pas à l'arrêt, de l'arrêt au pas, les demi-tours ; désormais absorbée par l'attitude de

Mélody, je suis concentrée sur l'activité de mes mains au contact de sa bouche, sur la légèreté de mes doigts pour amplifier son allure. Lorsque je m'arrête, m'apprêtant à transmettre de nouveau les guides à Nathan ; Paul, Madame Strauss et le reste de la classe m'observent méticuleusement. Je rougis littéralement et me glisse près d'Apolline sans piper mot.

— Marie est modeste ! D'entre nous, c'est elle qui doit avoir le plus d'expérience, déclare haut et fort Madame Strauss

Il n'en faut pas plus pour me réduire en poussière. Ensuite, Paul installe un slalom et remplace les guides de la jument par un seul, séparé en deux cordes reliées au mors. Il nous explique les fondamentaux du cordeau, son utilisation et la nécessité d'avoir un cheval parfaitement dressé. Lorsqu'il nous rejoint, il s'approche de moi en souriant :

— Tu te débrouilles bien, constate-t-il froidement. Tu pratiques encore ?

— Non pas en ce moment. Je débourre mon cheval pour l'instant mais… j'aimerais vraiment m'améliorer dans la pratique, répondis-je dans un souffle presque inaudible.

— Dans tes temps libres, tu peux venir ici et regarder comment œuvrent les adultes du CFPPA ; nous sommes souvent en chantier les mercredis après-midi.

Je hoche la tête face à sa proposition, lui est calculateur et n'aime visiblement pas laisser place à l'imprévu. Je m'en fiche, je souris, l'air idiot ! Je suis surprise et ravie que Paul m'ait proposée de les suivre en chantier. Il ne faut pourtant pas que j'oublie que je suis dans l'année du Bac et que je ne peux pas me permettre de prendre du retard dans mes révisions et mes dossiers. Cette occasion est pourtant trop alléchante et je finis par accepter.

— Merci beaucoup ! Je viendrai un mercredi après-midi quand j'aurai moins de travail, dis-je cette fois-ci sans hésiter.

— Tiens, je te donne mon numéro et tu pourras m'appeler quand tu voudras, on n'est pas tout le temps en chantier dans le coin donc préviens-moi avant, finit-il par me dire avec un clin d'œil complice en me tendant sa carte d'enseignant.

Je comprends et hoche une nouvelle fois la tête. Il repart vers Madame Strauss. Nous avons terminé en ramenant les chevaux au pré en compagnie de Paul et je repense, sur le chemin du retour, à sa proposition. Apolline qui me connaît par cœur m'observe étrangement depuis quelques minutes déjà. Elle finit par entamer la conversation.

— Alors ? C'était la matinée parfaite pour toi ?!

— Ouais, c'était top ! Il a des bêtes magnifiques et parfaitement dressées en plus, ça change !

— C'est clair, répond Apolline. Et lui ? Le genre nomade comme ça, retranché dans les fonds de sa campagne, t'en penses quoi ?

Je souris sans prêter attention à ce qu'elle raconte. Je lui parle plutôt de sa proposition.

— Il m'a proposé quelque chose… Je ne sais pas si je dois vraiment accepter parce que j'ai peur de prendre du retard sur les cours, lui avoué-je.

— Pourquoi ? Qu'est-ce qu'il t'a dit ?

— Il m'a demandé si j'étais intéressée par le milieu et il m'a expliqué que je pouvais venir une après-midi en chantier avec eux si je le souhaitais…

— Non ?! Mais c'est super, je ne vois pas pourquoi tu hésites, vieille folle ! C'est ce que tu voulais en plus, s'extasie Apolline.

— Je ne sais pas, j'ai mon dossier à bosser, les CCF à réviser… Je ne peux pas enlever de temps au temps et à tout ce que j'ai déjà prévu !

— Mais Marie, ce n'est pas une après-midi où tu ne travailleras pas qui va te retarder. Vas-y au moins une fois, ne serait-ce que pour l'intérêt qu'il t'a porté !

— J'ai son numéro de toute façon, je l'appellerai ! conclus-je.

— En plus ! Mademoiselle est une privilégiée ! Tu aurais tort de refuser mais c'est à toi de voir. Allez, j'y vais ! finit Apolline.

Calme et insouciante, sa légèreté me laisserait parfois basculer dans la nonchalance. Rentrant chez elle de son côté, et moi du mien, je décide, après de longues minutes de remise en question, d'appeler Paul.

Après avoir enregistré son numéro dans mon répertoire, j'appuie sur le téléphone vert de mon pauvre BlackBerry. Deux sonneries ont le temps de retentir avant qu'il ne réponde.

— Oui ?

— Re-bonjour, bafouillais-je, c'est Marie, enfin… l'élève avec qui vous avez parlé ce matin…

Ne sachant plus quoi dire, je laisse s'installer un silence interminable. Je suis un peu ridicule, cet homme a discuté avec beaucoup d'élèves ce matin !

— Je t'écoute ? continue-t-il l'air pressé.

— Je sais que c'est un peu rapide mais j'aurai souhaité vous accompagner cet après-midi en chantier, enfin si vous êtes d'accord bien sûr ? demandé-je, soudain consciente de précipiter les choses.

— Bien sûr, mais il te faut des affaires de sécurité et une autorisation, tu es majeure ?

— Oui je le suis et j'ai mes boots ! affirmé-je rapidement.

— Ok ! Il est 12 h 30, on se donne rendez-vous à 14 heures sur le parking du lycée. J'aurai le minibus, il y aura les stagiaires avec moi.

— Parfait, à tout à l'heure et merci encore ! finis-je.

Après avoir raccroché je me précipite aux casiers pour poser mes affaires et récupérer ma carte de self. Je suis terriblement impatiente et à la fois anxieuse pour cet après-midi ! En marchant vers le réfectoire, je croise Marion et Garance qui s'apprête à aller manger, je décide de me joindre à elle. On a brièvement discuté de la matinée pour finalement en conclure que j'étais certainement la seule à m'être sentie intriguée. À table, comme chaque mercredi midi, nous discutons toutes de nos activités prévues jusqu'à 19 heures.

— Ça vous dit d'aller faire un tour dans les boutiques ? demande Garance.

Depuis qu'elle a eu son permis, Garance nous promène continuellement, ce qui rend nos sorties moins sportives !

— Et l'essence ? demandé-je avec une pointe d'ironie dans la voix.

— T'inquiète ! Je ne sors pas le reste de la semaine donc ça va !

— Bon comme tu veux, en tout cas moi je ne peux pas. Je sors faire un tour… continuais-je.

— Et tu vas où ?! me questionnent Marion et Garance à l'unisson.

— Je vais avec le débardeur que l'on a vu ce matin et ses stagiaires sur un chantier, je me suis portée volontaire !

— Ah super ! J'aurai bien aimé voir ce que ça donne mais toute une après-midi, la flemme ! dit Garance d'un air blasé.

— En tout cas moi je veux bien faire un tour ! S'empresse d'ajouter Marion, ramenant la conversation à son point de départ.

— Bon allez les filles, je vous laisse, on se tient au courant par message. Ciao ! finis-je en me levant de table.

Il est déjà 13 h 35 quand je sors et mon téléphone se met à sonner. En voyant le nom de Paul Hevenot s'afficher sur l'écran, mon sourire pointe sur mes lèvres.

— Oui ?

— C'est de nouveau Paul. Je voulais savoir si tu étais toujours partante parce qu'on risque de finir plus tard que prévu finalement, et je ne connais pas tes disponibilités.

— Non pas de problème, je suis interne et demain matin je n'ai pas cours de toute façon. Vers quelle heure vous pensez revenir ?

— Je pense que ce sera aux alentours de 20 heures / 20 h 30, le temps de rentrer les chevaux. Jusqu'à quelle heure tu peux accéder à l'internat ?

— Ah… Le problème c'est qu'on ne rentre que jusqu'à 19 heures… mais ne vous en faites pas je peux venir un autre jour, je ne veux pas bousculer vos plans, dis-je légèrement déçue.

Il hésite un moment et reprend.

— À l'Ermitage j'ai une chambre pour accueillir des stagiaires, si tu veux tu pourras y rester.

— D'accord… Je m'occupe des papiers, à tout à l'heure.

Ça en revanche ça n'était pas prévu ! Bien que je ne le connaisse que depuis quelques heures, j'ai étrangement confiance en lui, il est rassurant. Comment je vais me débrouiller ? Je me dirige jusqu'aux casiers à la recherche d'une feuille et d'un stylo. Tout en cherchant dans mon sac à main, j'essaie de me préparer à tout ça, d'abord une rencontre, ensuite un numéro, une proposition, une nuit chez lui… ! En me dirigeant vers le bureau de la vie scolaire j'envoie un message à ma mère pour la prévenir, j'espère d'ailleurs qu'elle n'y verra aucun inconvénient, tout comme moi. Arrivée au desk, j'aperçois la CPE dans son bureau au téléphone, je lève mon autorisation de sortie, lui faisant signe de la déposer dans le tiroir prévu à cet effet. Je me retourne pour vérifier l'heure, je vois s'afficher 13 h 56. Impossible ! Il ne me manque plus qu'à récupérer mes boots et quelques affaires à l'internat et je serai prête !

À 14 h 05, j'attends comme convenu sur le parking Paul et ses stagiaires, équipée de mes chaussures de sécurité, ma casquette, ma veste « Grayswood Carriage », mes lunettes de soleil et mon sac. Tout en jetant de brefs coups d'œil aux alentours, je vérifie de n'avoir aucun message, ma mère est d'un naturel inquiet et j'ai préféré ne pas lui dire que je passais la nuit au domaine. Justement, je découvre un nouveau message reçu il y a peu.

« Salut fille, d'accord pour cet après-midi, amuse-toi bien et donne-moi des nouvelles. Bises, à ce soir ! Maman. »

Ouf ! Une crise évitée. Au même moment, un klaxon me tire de mes pensées. Il s'agit de Paul qui s'arrête à quelques mètres de moi et descend de sa voiture en courant ; de loin il me crie quelque chose.

— Assieds-toi ! Je vais récupérer les papiers du minibus et on va chercher tout le monde.

J'observe sa voiture, il n'est finalement pas venu en minibus. Je n'avais encore jamais remarqué auparavant que cette Golf était la sienne et tout en mettant mes affaires dans le coffre, je souris toute seule ; si mon frère voyait ça ! À 24 ans, sa passion pour les voitures – et surtout pour les allemandes – est devenue son occupation première. En plus de son travail et des kilomètres la semaine, il accorde à sa Volkswagen un lavage hebdomadaire et un entretien considérable ! Lorsque je fus assise côté passager dans cette magnifique Golf 6, intérieur cuir et quasiment neuve, je me sens comme dans un cocon. Je jette un coup d'œil dans le rétroviseur et vois revenir Paul, toujours aussi pressé, vêtu de sa même chemise sombre, ce même pantalon et ce même chapeau qui m'avait interpellé sur son look. En refermant la portière derrière lui, il se penche pour poser la carte grise et le livre de route du minibus dans la boîte à gant. Tout en me regardant, il sourit brièvement. Ce n'est pas un grand expressif.

— On ne se connaît pas encore mais, tu remarqueras que la ponctualité n'est pas mon point fort ! ironise-t-il.

— J'avais peur d'être en retard mais visiblement j'ai de la marge ! dis-je en répondant à son humour.

En sortant du parking, Paul continue alors son explication du matin.

— Donc là, on retourne à l'Ermitage, je récupère les stagiaires qui vont conduire le minibus et moi je vais prendre le camion pour transporter les chevaux. Normalement Pierre et Romuald ont pris ce qu'il fallait mais je jetterai un coup d'œil avant de partir, m'explique-t-il l'esprit accaparé. Je crois surtout qu'il se parle à lui-même.

— Pas de problème ! En tout cas merci encore pour m'avoir autorisée à vous accompagner en chantier, c'est vraiment un plaisir pour moi ! répondis-je.

— Je t'en prie ! Je ne pensais pas avoir d'intéressés dans ta filière. Généralement, vous montez à cheval et c'est tout. Tu aurais dû venir bien avant… continua-t-il.

— Si j'avais su ! J'ai découvert qu'il y avait des chevaux de trait au lycée seulement en fin d'année dernière pendant le Salon de la Traction Animale… Quelle surprise ! Je ne vous avais encore jamais vu, dis-je.

— Et pourtant ! Maïly a acheté une des juments que j'utilisais pour le maraîchage. Elle s'était fait la main avec Olympe et comme elle s'entendait avec, que le nombre de poulains avait doublé cette année-là, je lui ai vendu.

En descendant de voiture une fois arrivés, je prends mes affaires dans le coffre et me dirige vers l'ensemble des stagiaires qui se sont groupés de six personnes dont une femme d'une quarantaine d'années. Je salue alors l'ensemble des personnes, ils ont tous entre 35 et 55 ans je dirais. Les hommes sont grands et carrés, les cheveux grisonnants, souriants, m'offrant immédiatement un aperçu de leurs personnalités. Il y a un homme plus jeune, moins ridé et peut-être plus réservé qui m'observe avec attention mais avec gentillesse également. Ils me rassurent tous par leur attitude comme à chaque fois que je rencontre des personnes de ce milieu. Pendant que Paul donne les instructions sur la suite des évènements, je me glisse près de cette femme. Elle s'appelle Lil. Elle est d'un calme communicatif, environ 1m60 je dirai, les cheveux blonds et ondulés regroupés en une queue-de-cheval. Ses yeux sont d'un bleu perçant, ses pommettes rosées, peut-être naturellement ou grâce à un maquillage soigné, et son sourire est plutôt timide. C'est une créature redoutable, comme descendue des cieux. Je suis admirative, malgré son physique fuselé, Lil a l'air féminin et elle me paraît très coquette.

Pendant que Paul donne les dernières instructions, je me surprends à l'observer méticuleusement lui aussi. Comment un homme si simple peut-il posséder un charisme aussi imposant alors qu'il ne fait que parler ? Je ne le connais pas encore, ni lui, ni son palmarès, mais je sais déjà son professionnalisme. Il sait ce qu'il dit, il affine, ajuste ses propos à tous points de vue. Authentique, c'est le terme. J'émerge rapidement de mes réflexions lorsque je les vois tous partir en direction de la sellerie et du paddock où attendent les chevaux. Tous, sauf Paul qui prend ses clés et me fait signe de le suivre jusque chez lui. Lorsqu'il ouvre sa porte, je découvre un univers totalement différent de ce que j'ai connu jusqu'ici ! C'est incroyable !

Déjà sous le charme apparent de ce domaine, j'observe cette fois son intérieur qui est encore plus extraordinaire. Tous les murs sont en pierres apparentes entourées de joints magnifiquement travaillés, le sol est également en pierres de taille, magnifiquement lisses ! Dans l'entrée, je dépose mes chaussures tout en continuant d'avancer dans cette bâtisse, il y a une console sur la droite où sont posés des clés et autres bibelots, sur la gauche je remarque un magnifique meuble à chaussures en chêne massif – quelle drôle de coïncidence pour un débardeur – d'un style ancien et d'apparence brute. De part et d'autre de la pièce, il y a deux fenêtres qui apportent une luminosité et de la chaleur à cet environnement clos. En prenant mon sac avec moi, nous montons désormais quelques marches pour arriver en face d'une immense et magnifique voûte en granit séparant ainsi la cuisine du salon. La cuisine se situe à gauche de l'escalier, tout est évidemment en bois couleur acajou, exactement les mêmes nuances que la couleur des suspensions murales. Malgré l'aspect rustique de cette maison, son intérieur est d'un design étonnant grâce à ses équipements I-Tech. Les meubles de cuisine disposés en « L » accueillent un îlot central où s'entreposent divers ustensiles de cuisine, il y a aussi un plan de travail que je suppose destiné à l'ouverture et la fermeture des boîtes de conserve et des plats tout prêts que Paul n'a pas eu le temps de jeter. Face à cet îlot se situe une table en verre et en fer forgé, jonchée d'un imposant bouquet de roses rouges. Ma conscience se questionne : de qui ces fleurs peuvent-elles provenir ? Étonnant mais pas surprenant ! En suivant Paul, qui ne remarque absolument pas mon regard envieux, je découvre la partie salon, canapés et fauteuil en cuir blanc, une table basse en bois – probablement travaillée par ses soins dont les pieds ressemblent à un enchevêtrement de lierre. En face de cette même table il y a un superbe écran plat posé sur un meuble vintage, prenant largement la longueur du mur qui sépare les deux baies vitrées existantes. En me retournant j'observe aussi derrière le canapé une large cheminée aux abords d'antan, sur l'entourage en bois je découvre nombre de coupes et médailles de comices agricoles, de compétitions d'attelages et de labour. Accrochés au mur, des cadres ornés de motifs en or sont mis en avant, représentant Paul dans un sillon de labour avec un énorme Percheron, un autre le révèle auprès d'un magnifique Breton, assis près de lui dans la cour de l'Ermitage.

— Vous avez une très belle maison ! Rustique, soignée… comme sortie d'un magazine de gîtes provinciaux, lançais-je joyeuse.

— Je te remercie ! Je te laisse poser tes affaires à l'étage, je vais aller voir où ils en sont, tu dormiras dans la mezzanine, à droite après l'escalier, m'explique-t-il en s'en allant.

OK ! Partie dans un monde totalement parallèle, je ne me suis pas rendu compte que l'heure avait tourné. Je me hâte alors de prendre l'escalier en fer forgé qui monte en spirale, pour découvrir un très bel endroit caché par un rideau coulissant. L'endroit me paraît confortable, un sofa est entreposé sous le lit, un bureau fait l'angle du mur et il y a une porte qui donne directement sur une salle de bains. J'ai très envie de m'approprier les lieux mais le temps me fait défaut, je pose mon sac sur le sofa et descends 5 minutes plus tard, prête à partir. En refermant la porte derrière moi, je vois Paul sortir à la course – comme à son habitude – du camion des chevaux pour fermer à clé la sellerie. Je le rejoins quand il me fait signe, balayant des yeux la cour à la recherche du minibus, en vain. Je ferme la portière du Mercedes puis attache ma ceinture. Il a toujours l'air d'être branché sur 200 volts mais il sourit.

— Il faut vraiment que j'apprenne à m'organiser différemment à l'avenir ! dit-il, incroyablement amusé.

— Cela viendra probablement avec l'âge, répondis-je sur un ton ironique, un regard en coin.

Depuis que je l'ai rencontré, c'est la première fois qu'il affiche un sourire… irrésistible sur son visage. Une moue particulière qui lui est propre. Nous démarrons pour quitter la cour, je me ferme à nouveau au monde extérieur pour apprécier l'image qu'il renvoie, assis à quelques centimètres de moi. Une ambiguïté naissante s'immisce dans ma tête, je ne peux me résoudre à quitter des yeux son profil, sa barbe naissante, les muscles saillants de ses mâchoires compacts, ses bras bandés par l'effort… Si je devais le décrire à un aveugle, je dirais sans hésiter que c'est un personnage à l'air glacial mais accentué de sensualité. Incompréhensible mais vrai. Et ses mains. Elles sont pour moi le symbole de la virilité, l'histoire d'une vie, l'expérience et le caractère à la fois. Les siennes sont abîmées, visiblement rugueuses mais puissantes, tellement puissantes.

— Tout va bien ? me demande-t-il, soudain soucieux de mon silence.

— Très bien ! Je me disais simplement que j'avais beaucoup de chance de vous accompagner, répondis-je légèrement distraite. Quelle menteuse !

— Je suis ravi d'accueillir quelqu'un de ton âge ici. Depuis que je suis formateur, je n'ai jamais enseigné à des personnes de moins de 24 ans. Je trouve ça intéressant et bénéfique pour la filière d'avoir des jeunes gens pour innover. Vous restez les principaux acteurs de développement du monde de la traction pour les prochaines années…

— Je dois avouer que de ma classe, et peut-être même du lycée, il n'y a que moi qui y trouve de l'intérêt. Il faut dire que j'aime cette relation avec le cheval, j'aime l'ambiance de ce milieu… finis-je en chuchotant pensivement.

— Justement tiens, explique-moi comment de l'équitation académique, tu t'es orientée vers ces disciplines-là ? C'est quand même deux utilisations du cheval très différentes, me questionne-t-il réellement curieux de savoir.

— En fait, je me suis moi-même découverte il y a 3 ans. Mon frère travaillait dans une entreprise et il y a rencontré un collègue qui avait des chevaux de trait et avec qui il travaillait la terre. Il a découvert quelqu'un de passionné, tout comme moi. Il n'habitait pas très loin de chez nous, alors j'allais de temps à autre en leur compagnie y passer du temps. J'ai pu suivre de près et observer tout ce qu'il faisait. J'ai découvert une utilisation différente du cheval, les liens que cela pouvait créer m'intriguaient beaucoup, et puis cette finesse mêlée à la justesse de l'obéissance me laissait littéralement béate d'admiration. Ensuite je suis partie en Angleterre l'année dernière, dans un centre d'attelage pour meneurs, j'ai adoré ! J'espère juste à l'avenir pouvoir m'orienter vers ce que je veux... Mais c'est puissant vous savez, transcendant même, conclus-je en fronçant les sourcils, réalisant sans doute que j'étais bien plus bavarde que ce que je laissais paraître.

Paul avait gardé le silence en m'écoutant attentivement, jetant parfois des coups d'œil interrogatifs dans ma direction sans pour autant me juger. Je crois que c'est ce que j'ai immédiatement apprécié chez lui, son écoute, sa franchise. Il se montre à la fois intéressé et plutôt intarissable. Il reprend la parole en souriant :

— Je ne me suis pas trompé en tout cas. Tu es impliquée et ça, c'est une qualité que j'aime retrouver chez les gens. Tu es lucide, il le faut d'ailleurs ! Tu t'en rendras compte assez vite car il n'y a rien d'évident. On est arrivés, me dit-il en ralentissant pour s'engager dans un chemin forestier.

Ce qu'il a dit m'a profondément heurtée, loin d'être égocentrique, j'aime savoir que je ne suis pas réduite à néant. J'ai parfois trop donné, trop investie en quête de reconnaissance sans jamais en recevoir. J'ai appris à travailler pour moi, pour évoluer. Je suis dégoûtée de ça, du monde du cheval qui peut se montrer égoïste. N'être pas considérée, un commis sans valeur parce que tu ne sais pas monter à cheval comme on te le demande, parce que tu n'as pas l'argent nécessaire pour y arriver. C'est vrai, je suis passionnée et engagée dans ce que je ressens et j'espère que Paul s'en délectera en m'observant œuvrer à la tâche.

En descendant du camion, j'entends le « Ping » d'un message qui vient d'arriver sur mon téléphone que je me refuse à regarder cette après-midi. Je le laisse dans la portière en me dirigeant à l'arrière du véhicule pour aider Paul à descendre le pont. Un klaxon retentit derrière nous et je reconnais le minibus du centre, l'homme qui conduit fait de grands signes en direction d'une plateforme en terre battue tout en regardant Paul qui lui donne son accord. À peine me suis-je retournée que déjà Mélody m'attend sur le qui-vive, les deux antérieurs sur le pont ; lorsque je saisis sa longe de licol à la volée, je remarque que Paul me lance un sourire taquin. Waouh !

J'embrasserai volontiers le coin de ses lèvres quand il prend cet air loquace… raille en moi-même mon esprit, dénué de raison. Je débarque donc Mélody et Thor du camion pour ensuite venir les attacher aux anneaux soudés à la carlingue du véhicule. Les stagiaires se rapprochent de nous à grands pas et Paul retrouve tout le sérieux que se doit d'avoir un formateur aguerrit.

— Alors messieurs, dames, pendant que Marie va brosser les chevaux, vous allez décharger le matériel dont vous pensez avoir l'utilité. Vous êtes bien sûr censés avoir vos gants, casques et chaussures de sécurité ! Une fois que tout est prêt, garnissez et on est partis, commente-t-il.

Quand les stagiaires partent prendre leurs affaires, je fais remarquer à Paul le respect que les stagiaires lui portent.

— Ce sont des adultes et non des adolescents, à leurs âges et surtout pour le métier auquel ils se destinent, il n'y a pas besoin de répéter 100 fois la même chose. Ce qu'il faut, c'est être concis et intransigeant, lâche-t-il tout en accrochant les brides sur les portants.

— Vous avez entièrement raison, dis-je en prenant la mallette de pansage.

— Tu sais, on peut se tutoyer, ce serait quand même bien, non ? me demande-t-il.

— Bien sûr oui ! me hâtais-je, un peu désarçonnée par son intérêt.

— Je te laisse faire un pansage complet, mais avant ça, prends s'il te plaît les filets à foin dans le camion avec les seaux et donne-leur de l'eau avec le foin, dit-il à nouveau d'un air psychorigide.

— Pas de problème, répondis-je en m'éloignant.

CHAPITRE 3

Je m'affaire à démêler la crinière touffue et noueuse de Mélody en cherchant des yeux Paul, que je n'ai pas revu depuis 15 minutes ; peut-être est-il descendu dans la forêt ? pensais-je en continuant. Après en avoir terminé avec la crinière, je passe maintenant à la queue qui présente un volume de crins deux fois supérieur à la crinière ! Je me demande bien pourquoi Paul ne bande pas la queue de sa jument lorsqu'il travaille en forêt, cela permettrait d'offrir une meilleure vision entre le palonnier et les membres, et certainement d'éviter les accrochages qui risqueraient de la blesser. En revenant chercher une étrille dans la mallette, je tombe sur lui au téléphone, appuyé sur le rétroviseur, vêtu d'un jean de travail visiblement déchiré et une chemise noire – bien sûr – entrouverte jusqu'au nombril ! Je crois être restée fixée sur lui, incapable de bouger ni de détacher mes yeux de cette maudite chemise, comme absorbée, envoûtée. Je n'entends plus sa voix rauque et accentuée par son accent, ni les bruits de tronçonneuses que l'on démarre derrière moi, je ne suis plus qu'une chose hébétée et certainement ridicule. Lorsque l'on observe une personne aussi intensément, je pense qu'il n'existe plus aucun secret que l'on ne pourrait déjà connaître sur elle. Ses mains puissantes et anguleuses, ses muscles développés, la base de sa nuque révélant des trapèzes solides, le creux vertical formé par son sternum mettant en avant une partie de ses pectoraux, les poils qui dépassent de sa chemise dessinant ainsi une ligne discontinue jusqu'à son nombril… Il se tient là, naturellement en vie. Un bras posé contre la portière, une jambe repliée remontant jusqu'à ses fesses, elles-mêmes orientées vers des hanches étroites dévoilant un torse sculpté en V. Je ne sais pas exactement combien de temps je suis restée comme ça, 3, 4 minutes peut-être. Tout se déroule comme si j'étais spectatrice de la scène, l'observant attentivement tandis que mon expression devient vide, animée par mon désir naissant que je veux masquer. Ma bouche est à moitié ouverte, l'air que j'inspire ne me suffit plus, j'étouffe. Prostrée ici, la brosse dans les mains, je reviens à moi lorsque Paul, malgré l'attention qu'il porte à son interlocuteur, esquisse un sourire en demi-lune mêlé à un froncement de sourcils en m'observant. Mimique sans doute interrogatrice de l'air niais que j'affiche.

Je réussis à me détacher de lui après son départ en direction du minibus, bien décidée à m'appliquer dans mon job maintenant devenu très agréable. Je me questionne tout en soulevant la poussière du poil de Mélody, je crois avoir toujours été attirée par les hommes mûrs. Du moins, depuis l'âge auquel j'étais capable de savoir ce que représente l'attirance sexuelle. Paul pourrait être un père et d'autre part, c'est un formateur, indirectement lié à mon enseignement. Bien qu'il ne soit pas mon professeur, cette situation est vraiment dérangeante ! De toute façon il n'est pas question d'envisager quoi que ce soit. Je n'ai jamais ressenti avec autant d'intensité l'attraction d'un homme, c'est impossible et sans doute passager.

Cela fait maintenant une vingtaine de minutes que je m'affaire auprès de Mélody qui ressemble désormais à un cheval digne de commencer son labeur. Paul se dirige vers moi, accompagné des stagiaires. À les voir arriver comme ça, on croirait une meute. Paul est à la tête de trois rangs de caïds tous aussi grands les uns que les autres, seule Lil, cachée au milieu de ces bêtes, apporte une impression de douceur.

— Nos monstres sont lustrés ? lance Paul l'air amusé, caressant la croupe de la jument.

— Absolument ! Il n'y a plus qu'à s'y mettre… répondis-je sur le même ton.

— Écoutez-moi tout le monde ! Je vous présente, de plus près, Marie. Elle va rester avec nous aujourd'hui. Marie est au lycée et elle connaît un peu les chevaux je pense mais… elle nous confirmera ça tout à l'heure, ajoute Paul en se tournant, l'œil malicieux, vers moi.

Je me contente simplement de sourire à tous les membres du groupe qui me renvoient la pareille. Il ne me faut pas plus de quelques secondes pour commencer à réfléchir à ce que vient d'annoncer ce gentil formateur à mon sujet ! Quoi ? !

— Allez, vous ferez connaissance un peu plus tard, pour l'instant vous vous occupez d'eux et toi Marie tu viens avec moi, m'ordonne-t-il.

— Vous êtes toujours aussi sérieux lorsque vous vous adressez aux gens ? enchaînais-je en m'éloignant des stagiaires avec lui, souriante.

— TU ! Et oui, toujours, dit-il en me faisant un clin d'œil. Quand tu transmets ton savoir à un groupe, c'est plutôt agréable s'ils sont connaisseurs, motivés et surtout adultes. Le problème c'est que ça n'a pas toujours été le cas.

Il continue de parler, la tête basse en empruntant un chemin forestier accidenté. Je le suis comme un petit chien, tentant de maintenir la cadence de ses pas beaucoup plus grands que les miens.

— Avec le temps on s'endurcit, on devient plus ferme et plus exigeant. Ne t'inquiète pas, je sais les encourager et les féliciter quand ils me prouvent qu'ils en veulent. Je suis simplement objectif, dit-il calmement et sûrement.

C'est fou comme cet homme détient une parfaite maîtrise de toutes les situations, peu importe le sujet de discussion, il a un aplomb inébranlable. C'est grisant. Après quelques dernières minutes de marche, Paul me fait découvrir le terrain sur lequel vont évoluer les chevaux cet après-midi, j'en profite pour poser les questions avant.

— Vous… Tu, leur fais souvent faire des chantiers de débardage ici ? demandais-je en constatant l'ensemble des arbres abattus au sol, les ornières apparentes.

— Non, c'est la première fois. C'est pour ça qu'ils sont allés reconnaître avec moi tout à l'heure. C'est un peu comme toi devant un parcours d'obstacles, tu ne t'aventurerais pas sur une carrière sans même avoir pris connaissance du parcours ?

— Et qu'est-ce qu'ils reconnaissent justement, leurs trajectoires ? questionnais-je, avide d'informations.

— C'est fondamental. Avant de t'engager et d'engager tes chevaux, tu dois t'assurer pour votre sécurité que le terrain est praticable et résistant pour le poids que tu prévois dessus. Après ça, tu dois pouvoir retracer des plans dans ta tête qui te permettront de travailler sans te poser de questions sur le moment, m'explique-t-il à la manière d'un haut gradé de l'armée.

— Et les chevaux, ils arrivent à tracter dans ce dénivelé ? m'inquiétais-je.

Paul sourit devant mon air inquiet face à cette pente d'une angularité incalculable. Un chemin sinueux et étroit en terre battue se démarque au milieu de ce carnage de branches et d'écorces mélangées, jusqu'en bas de la colline. D'ici, on aperçoit facilement les ornières, creuses d'au moins 60 centimètres, formées par le passage sans doute récurent des chenilles d'engins.

— C'est justement ce que tu dois vérifier au départ, me tire de ma réflexion Paul, en s'appuyant sur son genou. On acquiert de l'expérience avec le temps mais tu dois garder en esprit ce que représente le poids de ton cheval. Plus tu optimiseras les conditions de travail, plus tu économiseras ton énergie et la sienne, répondit-il en enchaînant. Le poids qu'il va tracter n'est qu'un « détail » si je puis dire… Il traîne la charge mais ne la supporte pas sur son dos, ce qui crée un équilibre et un effort différent. Il faut simplement t'assurer qu'aucun obstacle n'entravera de trop la progression et notamment l'appui pendant l'effort, conclut-il. Il explique toujours les choses de manière démonstrative, en montrant de ses mains les consignes qui pour lui, tombent sous le sens.

— Ça m'impressionne… La responsabilité que cela demande je veux dire. Je ne sais pas si je serai capable de tout ça dans une telle situation… repris-je une fois de plus, ébahie.

— C'est normal, c'est le début et on n'apprend pas en un jour. Tu verras tout à l'heure, tu seras tellement concentrée que tu n'auras pas le temps d'avoir peur, me dit-il ironiquement.

Tandis que je lui rends son sourire, j'aperçois les stagiaires qui arrivent avec Mélody et Thor, harnachés et prêts. Paul leur explique le déroulement de l'exercice, ce qui m'offre la possibilité de méditer sur ses derniers conseils. Il faudrait que j'apprenne à dompter mes côtés anxieux, terrorisés, bornés, acharnés… tant de sentiments troublants, trop d'embûches, trop d'enjeux pour que j'arrive à me laisser aller à l'instant présent.

— Allez ! On descend, Melo'en premier et Thor tu suis… lance Paul à notre attention.

Je me faufile parmi eux pour m'approcher de lui, l'air de rien.

— Dis-moi, avant le travail en forêt, ont-ils une phase de formation réservée au cheval et à sa manipulation ? me permis-je.

— Bien sûr ! dit-il surpris par ma question. C'est la base même de la formation ; le cheval, avant d'être un outil est un compagnon. Les trois premiers mois sont décisifs pour les stagiaires parce qu'ils doivent faire connaissance avec eux, créer un lien tu vois ? Ils sont obligés d'évoluer avec eux, et là-dessus tu ne triches pas. S'ils débarquent de je ne sais où sans pour autant donner de leur personne, alors ça ne sert à rien, m'explique-t-il soudain envahit par une volonté de persuasion.

— Tu sais… Je ne suis absolument pas déçue d'être ici aujourd'hui… parce que je me rends compte qu'il existe encore des gens qui ressentent les chevaux, dis-je à la fois naturellement et profondément sincère.

— C'est vrai, c'est rare ! finit-il par me répondre avant de rejoindre le point de départ de ce parcours du combattant.

Les garçons étaient largement convaincus pour le coup, on ne lisait pas grand-chose dans leurs yeux mis à part une détermination et une concentration extrême. Ils écoutaient, proposaient des solutions, leurs idées fusaient à travers ce méli-mélo de manœuvres, et puis enfin ils agissaient. Heureusement il n'y avait pas que des mots, ils m'avaient semblé bruts de décoffrage mais plutôt sympathiques.

Cela faisait maintenant deux bonnes heures que toute l'équipe s'activait à déblayer les lieux. Hommes comme femme, leur travail était remarquable. Les grumes de 600 kg minimum venaient d'être rapatriées au lieu de chargement, autrement dit le bord des routes. Viendraient s'aventurer plusieurs convois pour les récupérer. Chevaux et débardeurs étaient trempés, en cette après-midi de septembre, l'air était plutôt lourd et le vent manquait. Ils continuèrent sans se fatiguer contrairement à moi. Je finis par décider de remonter au camion chercher de l'eau mais avant même de pouvoir me retourner pour partir, Paul interpelle les stagiaires et se tourne vers moi.

— Où est-ce que tu vas Marie ? demande-t-il innocemment, un demi-rictus aux lèvres.

— Chercher de l'eau pour vous et pour Mélody et Thor, répondis-je le plus calmement possible.

— Ne t'en fais pas, on remontera d'ici quinze minutes, viens plutôt avec moi, dit-il cette fois-ci en recouvrant tous son sérieux de formateur.

Après tout, il fallait bien que je me lance, je ne suis quand même pas venu simplement pour regarder, si ? Assez de Bla Bla Marie, courage ! Je souffle un grand coup avant de m'approcher de Paul.

— Tu pensais que j'avais oublié, n'est-ce pas ? me taquine-t-il. Allez prends les guides avec moi.

Un court instant j'arrête de réfléchir pour me laisser guider, comme si ma tête savait désormais ce qu'elle avait à faire. Il vint se placer derrière moi, très proche, beaucoup trop à mon goût mais toujours professionnel. Il ne me touche pas, il évalue plutôt mon attitude face à la situation. Inassumée, j'en conviens !

— Ne t'inquiète pas, on va commencer à vide. Ce qui est important maintenant, c'est de prendre ton cheval en main, j'entends par là le mettre aux ordres, ok ? Je tiens le palonnier pour l'instant, je te regarde faire... dit-il posément tout en s'affairant derrière moi.

Je ne suis plus Marie mais le meneur, je parle à Mélody pour lui demander de marcher, doucement d'abord et puis de façon plus franche.

— Mélody, marchez ! ordonnais-je fermement.

Je fis quelques pas à droite, puis à gauche, simultanément en me liant un peu plus à chacun de ses mouvements à elle. En augmentant légèrement la pression de mes doigts sur les guides, je lui demande l'arrêt, le demi-tour, puis un pas méticuleusement posé, un autre... je me libère des tensions, des problèmes de lycée, enfin libre de faire ce que je veux sous le regard attentif et bienveillant du meilleur formateur de la région.

— Qu'est-ce que je dois faire ensuite ? demandais-je soudain impatiente de continuer.

Paul, qui discutait de loin avec les garçons, reporta son attention sur moi, bien qu'il fût présent à chaque instant. J'attends maintenant à l'arrêt essayant de déceler un indice sur mon prochain exercice, ou encore en observant le tracé qu'il dessine virtuellement. Il s'approche de moi après avoir demandé aux stagiaires de ramener Thor.

— Encore dix minutes avant de remonter Mélody, est-ce que vous êtes prêtes toutes les deux ? sourit-il.

— Oui, je crois...

— Marie, tu crois ou tu sais ? Tu peux marcher un peu si tu veux mais il faut que tu sois calme, dit-il en appuyant ses derniers mots.

— Je le suis, je t'assure, c'est juste que... C'est la première fois que je fais ça toute seule alors...

— Ajuste tes guides et positionne-toi aux trois quarts de Mélody, juste en diagonale de ses flancs, comme pour la traverser, m'explique-t-il en décalant mon corps sur la gauche.

— Voilà… Maintenant prends ton palonnier dans la main droite, et les guides dans la main gauche, continue-t-il en serrant mes doigts de manière à les positionner sur les guides. Garde toujours un contact souple avec sa bouche, ne la contraint pas. Le plus important c'est ta voix. Ensuite, tu te concentres sur l'arrière pour gérer ta charge, me dit-il concentré.

J'écoute attentivement pour ne pas en perdre une miette. Tout paraît si simple de l'extérieur. Paul me demande de répéter le même exercice, les bases étant supposées acquises. Dans la précipitation, tout se bouscule légèrement et je perds mes moyens. Je n'arrive pas à réfléchir à cause des obstacles qui se dressent devant moi. Je me raccroche tant bien que mal aux guides, parce que Mélody avance trop à mon goût. La direction dans laquelle on s'oriente n'est gérée que par la jument qui aurait bien envie que tout cela s'arrête ! Alors avant qu'il ne soit obligé d'intervenir, je décide de couper court à tout ce carnage.

— Pardon mais je n'y arrive pas, dis-je en lui tendant les guides et en posant le palonnier au sol.

— Alors quoi ? Tu t'arrêtes pour une petite difficulté ? Viens avec moi 5 minutes et on restera là-dessus, me dit-il en tendant la main.

Je me rapproche de lui. Il se comporte de manière très audacieuse, et me rend fébrile. Je reprends donc ma place aux côtés de Mélody m'apprêtant à recommencer une énième fois, quand soudain il est là… Paul m'attire contre lui en appuyant sa main sur mon ventre afin que je sois au contact du sien. Il attrape ensuite le palonnier dans sa main droite et saisit ma main gauche pour placer mes doigts entre les siens à travers les guides. Je suis transportée, lui est stoïque. Bien sûr, il n'a pas idée de la tournure que prennent mes pensées les plus inavouables.

— Respire, et laisse-moi faire, dit-il avec un semblant de moquerie dans la voix.

On reprend le pas, ensemble, cadencés par le bruit des sabots sur la terre fraîchement piétinée.

— C'est comme ça qu'il faut agir dans tes doigts, tu fais passer le majeur entre les deux guides. Soutiens ton poignet ; le dos de la main face à la croupe de Mélody, m'explique-t-il en plaçant fermement ma main. Ensuite, c'est seulement quand tu as besoin de tourner que tu agis avec le dessus de tes doigts, explique-t-il en s'affairant avec moi. Fais pivoter ton poignet en durcissant la poigne de façon à ce que le dos de ta main s'oriente vers le ciel pour aller à droite, comme ça… À l'inverse, quand tu veux aller à gauche, tu ramènes la paume vers le ciel en appuyant avec ton index sur la guide.

Je me détends peu à peu une fois le geste assimilé, et recommence encore et encore. Au bout de dix minutes, je m'arrête parce que Paul me le demande. Il est temps de remonter. Au camion, Thor est déjà prêt, lorsque je viens attacher Mélody pour la dégarnir, Lil est ici.

— Comment ça s'est passé ? me demande-t-elle plus froide que d'habitude.

— Grâce à Paul et ses conseils, plutôt bien… répondis-je perplexe face à son changement de comportement. À en croire le ton que je viens d'employer avec elle, on pourrait s'imaginer que je ne l'apprécie pas vraiment ; ce qui n'est pas totalement faux.

— C'est le début. Tu comptes vraiment apprendre en si peu de temps ?

— Je ne me destine pas à ce métier-là mais j'en ai envie, dis-je en prenant les cuirs sur l'épaule, vraiment agacée maintenant.

— Et à quoi te destines-tu, dans ce cas ? demande Paul que je n'avais pas vu arriver, coupant court à la conversation.

— À la maréchalerie, enchaînais-je avec une assurance tranchée cette fois.

Hochant la tête, il détache les chevaux pour les embarquer dans le camion. De mon côté, je cherche Lil des yeux qui s'est visiblement volatilisée. Je me retrouve finalement avec 50 kg de cuir sur l'épaule et un air tendu sur le visage… Sympa l'ambiance. À croire que j'ai suscité plus de jalousie que de gentillesse ! J'installe mon attirail dans la sellerie du Mercedes et, jetant un coup d'œil en direction des stagiaires qui discutent entre eux, décide de lire mes messages.

Trois appels en absence et quatre nouveaux messages ! Il y a un appel de Marion et deux de Garance, ainsi que les messages qui accompagnent leur harcèlement habituel. Je m'empresse donc de les écouter avant de me retrouver avec le GIGN aux trousses. Le premier est de Garance :

« Ouais, Marie c'est Garance. On voulait savoir vers quelle heure tu rentres pour qu'on mange ensemble, à la cafétéria si tu veux. Rappelle-moi pour me le dire, bisous. »

Quelle excuse trouver pour ce soir ? Leur nature curieuse et exhibée m'oblige à mentir pour échapper à un interrogatoire plus qu'intime. Le second message est de ma mère, beaucoup plus inquisiteur encore.

« Minette, c'est ta mère. Je n'ai pas eu de nouvelles de l'après-midi, j'espère que ça va et qu'un problème n'est pas responsable de ce silence. Dis-moi quand même comment tu vas d'ici ce soir avant que je ne m'inquiète. Tu me raconteras ta journée comme ça ! Allez, bisous. »

Maman, encore et toujours ! Une nouvelle personne à renseigner dès mon retour. Je ne m'attarde pas sur mes sms puisqu'ils ne sont que la première phase de l'inquisition. Après avoir tout de même vérifié, je respire un grand coup et rejoins le groupe qui se prépare à partir.

— Tout est rangé et les chevaux ont du foin, dis-je en m'immisçant à travers ces géants.

— Ok, on va y aller alors, il est déjà 18 h 30, lance Éric, un des nombreux cadors de la formation. Il faut appeler Paul, il est en bas.

— J'y vais ! s'empresse de répondre Lil.

Pendant qu'elle accourt pour le rejoindre, j'observe son attitude. Elle est lisse. Un peu trop d'ailleurs. Une femme naturelle, plutôt jolie, intéressée et intéressante ; à l'écoute de chacun, s'intégrant sans difficulté qui plus est. Lorsqu'elle a répondu, il y avait une certaine gaieté dans sa voix, une excitation particulière. On ne lui donnerait pas plus de 30 ans. Il y a une infime partie d'elle très pudique, que l'on remarque assez mal. Quand le prénom de Paul est employé, Lil a les yeux qui brillent, le teint rosit par la gêne, on sentirait presque les battements affolés de son cœur. Je constate malicieusement que l'attirance et l'envie pour quelqu'un, quel que soit l'âge de la personne qui s'y prête, restent une douce folie. Quoi qu'il en soit, si elle n'est pas amoureuse, elle fait très bien semblant.

J'essaie d'oublier tout ça et de m'intéresser à la conversation des mecs qui tourne essentiellement autour du matériel qu'ils utilisent et de leur solidité. Je ne les connais pas assez encore pour engager une conversation alors je me contente de les écouter, souriant parfois à l'un et à l'autre. Bien qu'ils ne m'adressent pas tellement la parole depuis ce matin, je sens tout de même qu'ils font preuve de courtoisie. Après quelques minutes, j'aperçois Lil et Paul qui reviennent, complices, le sourire aux lèvres. C'est étrange, j'accordais moins d'importance à ce qu'il y avait entre eux avant que je n'observe l'attitude de Paul.

— Allons-y ! lance Paul, soudain préoccupé en nous rejoignant.

J'acquiesce en faisant demi-tour et monte dans le camion. Il se déplace cette fois-ci très calmement, mains dans les poches et regard rivé sur le sol. Quand il me rejoint, je me raidis ; il s'attache puis démarre.

— Tout va bien ? demande-t-il intéressé.

— Oui… répondis-je désabusée, ce qui ne lui échappe pas.

— Ne t'inquiète pas Marie, tu as le temps d'apprendre. Je ne suis pas ton prof, tu as le droit de respirer, d'essayer, de dire ce que tu penses. On est tous passés par là, alors ne te mets pas la pression inutilement.

Je souris en lui faisant comprendre que j'apprécie ce qu'il vient de me dire. Dans le fond, je suis bien incapable d'aligner 3 mots. Jusqu'ici, je n'avais pas été à ce point considérée, en tout cas pas de cette façon. Le voyage jusqu'à l'Ermitage est silencieux, je me sens épuisée psychologiquement; les cours commencent seulement et déjà je redouble d'efforts pour tenir à jour mes dossiers. Les CCF arrivent à grand pas, je suis loin d'être sereine. Je devrais me détendre, avancer étape par étape comme me le conseille ma mère, mais le stress que j'éprouve au quotidien me ronge à petit feu. Je ne contrôle rien. Paul de son côté paraît posé, il mène son cheptel en relativisant le moindre problème, il encourage indirectement ses élèves à s'améliorer… Un homme objectif, consciencieux, travailleur, charmant, beau, fort et…

— Qu'est-ce que tu aimes manger? m'interrompt-il alors que mes pensées chavirent.

— Ne vous inquiétez pas, je vais manger au lycée. Vous n'allez pas m'accueillir et me nourrir en prime! répondis-je sans appel.

— Dis-moi « tu ».

Je rosis lorsqu'il m'offre son sourire en coin. Il a un regard sombre et une manière très personnelle de pencher la tête lorsqu'il veut se faire entendre.

— Alors? Qu'est-ce que tu veux manger? répète-t-il comme s'il ne m'avait pas entendu.

— Tu n'as pas entendu ce que je t'ai dit? répondis-je ironiquement.

— Et toi? Tu n'as pas entendu ce que je t'ai demandé? sourit-il.

Je lui offre un semblant de sourire en levant les yeux au ciel.

— Tout… J'aime tout.

— Paella? Je ne cuisine pas, c'est surgelé mais ce n'est pas mauvais.

— C'est parfait !

Nous arrivons les premiers, je crois qu'ils avaient prévu de s'arrêter pour acheter des cigarettes. Je récupère ma veste, l'enfile et sors du camion pour aider Paul à descendre le pont. L'intérieur a été méticuleusement réfléchi pour s'adapter aux gabarits des chevaux ; tout est agencé pour stocker le matériel en assurant leur confort. Je prends, comme à l'aller, Mélody et Thor à deux longes et me dirige avec eux vers le pré attenant aux granges. Je les regarde se mouvoir une fois libérés, s'étendre sur le sol en se frottant le dos, se défendre, se chercher… C'est eux qui ont raison, ils jouent et s'accordent parfaitement, libres de choisir leur prochaine destination. Cinq minutes se sont écoulées avant que je ne retourne dans la cour, constatant que le camion n'est plus là. Sans doute est-il parti le garer derrière le bâtiment. Je gagne ensuite la sellerie pensant aider Paul à ranger le matériel, mais il n'est pas ici. Je constate que le minibus est là, garé devant la maison, les stagiaires ont regagné le parking près de leurs voitures et ils discutent tous en cercle. Ils se retournent en m'apercevant, faisant des signes de la main. Je réponds par un geste bref en souriant puis je disparais à nouveau dans la sellerie. Au fond à droite il y a une porte qui donne sur le hangar, c'est beaucoup plus facile pour transporter les harnais étant donné leurs poids ! J'ouvre la porte et me dirige vers le camion où la porte latérale est grande ouverte. Bien sûr, mon mètre 60 ne me permet pas de monter aussi facilement que Paul, alors je trouve sur la gauche un tabouret et me hisse à l'intérieur. Une fois les colliers sur chaque épaule, je me demande un peu comment emprunter la descente le plus prudemment possible. Tournant le dos à l'extérieur, je cherche la marche où poser mon pied, quand je sens le tabouret se dérober sous moi. Putain ! Il ne s'est passé qu'une seconde avant que je ne sente deux mains puissantes me soutenir par les hanches, me faisant glisser le long de la paroi du camion. Je suis tremblante d'adrénaline, et je ne sais pas si c'est la peur ou son intervention qui me gêne le plus. Je refuse de me retourner parce que je sais que c'est lui, même si je ne l'ai pas regardé. Il a soutenu mes hanches, puis mes côtes s'arrêtant à hauteur de ma poitrine. Je suis restée ainsi quelques instants, tentant de reprendre mes esprits entre la froideur de la carrosserie et la chaleur de son corps. Lui est stoïque, presque indifférent.

— Et bien, Marie ? ! Tu m'as fait peur. Un peu plus et je te retrouvais écrasée ! Ça va ? demande-t-il soudain inquiet.

— Oui… dis-je en ne sachant plus quoi répondre, ne sachant plus si je dois rire ou me taire. Merci Paul, je ne sais pas comment… je me suis débrouillée… répondis-je l'esprit embué.

Il me sourit en ramassant les colliers qui, bien sûr, sont tombés dans ma lente descente aux enfers.

— Journée éprouvante, n'est-ce pas ? demande-t-il d'un œil attentif.

— Non, seulement tu viens de réaliser beaucoup de mes rêves en une seule après-midi, lui expliquais-je, les mains sur les hanches.

Il sourit à nouveau et emmène les colliers jusque dans la sellerie. Je me décide à prendre les harnais en descendant précautionneusement cette fois-ci. Quand je m'approche de la porte, j'entends Lil à l'intérieur et me résigne à entrer. Je pose ma main sur la poignée pour entrebâiller la porte, mais je reste discrète lorsque j'aperçois Paul s'approcher. J'attends ici, espérant savoir ce qu'il va se produire, même si je ne devrais pas.

— Est-ce qu'on se voit ce soir ? demande-t-elle, langoureuse.

— Pas ce soir non, j'ai du monde à la maison, dit-il en parlant de moi visiblement.

— On ne se voit plus en ce moment, qu'est-ce qu'il y a ? continue-t-elle en s'approchant sensuellement de lui.

— Je n'ai pas le temps. La journée je travaille, le soir je travaille, j'ai le salon à préparer, je n'ai pas le temps c'est tout.

Le Salon de la traction ? C'est lui qui l'organise ?

— Tu n'as jamais le temps, Paul. Ça fait un mois que tu me répètes tous les jours que tu ne peux pas. Pourquoi est-ce que tu ne veux plus de moi ? Tu ne te souviens pas comment c'était ? continue-t-elle en lui caressant la main. Nous avons tellement partagé de moments dans cette sellerie…

Sa main tente discrètement de défaire sa ceinture. Je me recule, estimant que tout cela ne devrait pas être vu, mais j'entends Paul hausser le ton.

— Arrête ! On ne peut pas continuer comme ça. Je ne suis pas sûr de vouloir que ça continue. Je veux qu'on arrête, dit-il fermement.

Lil s'écarte immédiatement et prend un air colérique.

— Pardon ? Alors c'est toi qui décides quand ça commence et quand ça se termine ?! C'est drôle, tu étais moins étouffé par la déontologie quand tu me baisais ici ! s'énerve-t-elle.

— Lil… Tu devrais rentrer chez toi maintenant, dit-il le plus calmement possible.

— Crois-moi, on n'en restera pas là !

Elle part en claquant violemment la porte de la sellerie, et lui est adossé au mur, les brides dans les mains. Il paraît confus mais soulagé, les traits du visage tirés et le regard vide. Et moi ? Qu'est-ce que je fais là ? Pourquoi je reste immobile, les harnais dans les mains avec mon air ahuri ? Je n'aurai jamais dû entendre ça, je décide d'attendre qu'il sorte pour entrer à mon tour. Alors il est comme ça… sans attaches, libre, léger, à 41 ans ? Et Lil, qui suis-je pour la juger ? Je ne sais pas ce que je dois faire, aurai-je toujours l'air innocent ?

Quand je sors il n'y a plus personne dans la cour, le portail est fermé et j'aperçois Paul, accoudé sur la barrière des chevaux, je ne sais pas s'il regarde quelque chose de précis ou s'il cherche à s'évader. En tout cas il est là et il ne m'a pas encore vu, il est bientôt 19 heures et le soleil commence sa douce ascension laissant place à la Lune. Le ciel devient orangé, le vent se lève petit à petit laissant tomber quelques feuilles de chêne sur le sol. Il s'engouffre dans les grandes étendues d'herbe et si j'étais peintre je demanderai au ciel de ne plus bouger, au vent de prolonger son souffle, aux feuilles de ne plus tomber, aux chevaux de s'allonger. Je prendrai un pinceau et le dirigerai sur la toile blanche d'un chevalet, je respirerai profondément et je poserai ma main sur le cœur, j'en écouterai les battements et ferai danser les couleurs. Et puis je lèverai les yeux vers lui, j'attendrai qu'il se tourne et m'emparerai de l'instant. Je dessinerai ses nuances, j'appuierai ses traits, je mettrai du cœur à l'ouvrage pour qu'il ressente l'exactitude de ses gestes, je finirai par signer ma composition, au clair de lune, puis j'irai chercher chez cet homme l'émotion que je n'aurai pas su mettre dans ses yeux.

— Alors, ils sont tous partis ?

— Oui… Tu as aimé ta première journée découverte ? demande-t-il sans quitter l'horizon des yeux quand je m'accoude à mon tour.

— Beaucoup. Je reviendrai ! dis-je tout sourire.

Il m'observe un peu, mes cheveux nageant dans l'air frais d'un mercredi soir.

— Viens, répond-il l'air grave.

Il me donne l'impression de vouloir dire quelque chose, comme s'il avait besoin de confier ses maux que lui seul partage. Nous entrons, j'enlève mes boots sur le tapis et pose ma veste sur son porte-manteau. Il me propose de m'asseoir sur le canapé et demande si je veux du vin. L'espace d'un instant je trouve cet homme vraiment taciturne. Un instant triste et esseulé, un autre prêt à offrir son cœur sur un plateau.

— Qu'est-ce que c'est comme vin ?

— Un Saint-Emilion, ça te convient ?

J'acquiesce quand soudain mon téléphone sonne, c'est Garance, il faut que je décroche.

— Oui, Garance ?

— Ah quand même ! Tu n'as pas reçu nos messages ? Je m'inquiétais !

— Si pardon, j'ai eu pas mal de choses à faire cet après-midi. Je ne serai pas là ce soir, je suis chez Apolline, dis-je avec de l'assurance dans la voix.

Paul se retourne, étonné de mes mensonges. Il dépose la poêle sur le feu.

— Ah ok, bon du coup on ne t'attend pas. On mange dehors ce soir, tu reviens vers quelle heure demain matin ? demande-t-elle inquisitrice.

— Je ne sais pas trop, on commence à 13 h 30 mais je serai là bien avant de manger. En tout cas je pense. Je vais te laisser maintenant !

— D'accord, alors à demain, tiens-moi au courant, bisous ! finit-elle sans que j'aie eu le temps de dire quelque chose.

Je regarde le téléphone et réponds machinalement « bisous » en arborant une mine blasée à Paul qui rigole.

— Pourquoi tu ne leur dis pas où tu es réellement ? me questionne-t-il.

— Je pense que tu sais pourquoi, les ragots circulent vite au lycée.

— C'est vrai, tu as eu raison, continue-t-il en assaisonnant le plat.

— Je reviens, je vais me mettre quelque chose de propre, dis-je en me dirigeant vers l'escalier.

Je me surprends moi-même à être aussi à l'aise avec lui, chez lui qui plus est. Je ne le connais plus en détail que depuis ce matin et ce soir c'est comme s'il était devenu un ami de toujours. Je rentre dans la chambre et ouvre mon sac, j'y trouve mon jogging que j'enfile avec un simple débardeur, je prends également mes tongs et me dirige dans la salle de bains d'à côté. Je me brosse les cheveux et les regroupe dans ma pince, me rinçant aussi le visage et me parfumant légèrement. Ça fera très bien l'affaire avant une prochaine douche ! Je reviens dans la chambre et branche mon portable, pour envoyer un rapide message à ma mère afin de la rassurer et descends pour rejoindre Paul. Il est allongé sur le canapé, les yeux fermés, les lustres sont éteints et il a plutôt privilégié les lampes de salon. La fameuse paella est posée dans un wok, en attente d'être réchauffée. Il tient un verre de vin dans la main et ouvre les yeux quand il entend grincer l'escalier.

— Fatigué ? demandais-je timidement.

— Oh, les journées de chantiers sont toujours un peu crevantes tu sais ! dit-il avec une moue que je lui connais désormais.

— Est-ce que tu veux que je fasse quelque chose ? demandé-je gentiment.

— Non laisse, la paella est rapide à faire… Viens plutôt t'asseoir, je t'ai servi ton verre, dit-il.

— Merci ! dis-je en souriant.

— Je vais aller prendre une douche, j'en ai pour dix minutes, tu peux faire ce que tu veux !

— Je vais mettre la table en attendant, proposais-je.

— Fouille dans les placards, tu trouveras bien ton bonheur, me dit-il souriant.

Je l'observe déambuler, traversant son salon, sa cuisine, jusqu'à l'escalier, et je l'imagine, cet homme à l'état pur. Je ne le quitte des yeux que lorsqu'il atteint l'étage. Mon Dieu, quel effet peut-il me faire !

Je finis mon verre d'une seule traite et me décide à me lever. J'arrive à la cuisinière pour placer la paella sur un feu afin qu'elle mijote gentiment, je soulève le couvercle et y ajoute quelques condiments pour lui donner du goût. Je cherche dans ses placards les assiettes que je finis par trouver au bout de 5 minutes, accompagnées des couverts et des verres. Je mets le dessous-de-plat au centre de l'îlot, le sopalin, le vin, l'eau, le sel… Je continue à m'occuper en lavant la vaisselle qu'il a méticuleusement laissée s'entasser dans l'évier. Lorsque j'entends ses pas dans l'escalier, je remarque qu'il finit d'enfiler un tee-shirt pour venir s'asseoir sur un banc devant son assiette.

— J'ai une vraie femme de maison ce soir ! me dit-il en se moquant.

— On voit bien que tu ne me connais pas ! dis-je en répondant à son sourire.

Il sourit, prend son verre sur le rebord et le place devant lui. Il m'observe pendant que je m'affaire à faire de la place pour le plat.

Je ne le regarde pas dans les yeux mais je sens son regard, j'ai peut-être envie depuis ce matin qu'il m'observe autrement. Depuis que je l'ai aperçu dans la cour, les raisons de mon investissement ici ont évolué, un peu trop même mais je crois avoir souhaité qu'il me repère. Je veux qu'il me distingue. J'ai besoin qu'il soit attentionné, je voudrais tellement qu'il agisse avec calme et détermination tout en me portant de l'intérêt. Mon esprit est tellement léger quand il est là, comme grisé… J'arrive à faire fonctionner mon cerveau uniquement s'il n'est pas trop proche de moi.

Quand je prends enfin place face à lui, accoudée sur l'îlot, je remarque par un bref regard qu'il cherche quelque chose, comme s'il m'étudiait discrètement. Il ne dit rien mais son regard se fait plus insistant, je le sens déterminé à entamer une discussion.

— Tu veux que je te serve ? lui demandé-je l'air de rien.

— Je veux bien, répond-il d'une voix détachée. Merci !

Je me sers à mon tour et déguste la paella en prenant mon temps, c'est dingue ce qu'un plat surgelé peut être finalement bon ! De longues minutes s'écoulent avant que Paul daigne dire quelque chose.

— Tu as quelque chose en plus Marie… Avec les chevaux je veux dire, dit-il en se rattrapant, attendant une réaction de ma part.

— Comment ça ? demandé-je curieusement.

— Je t'ai vu les manipuler du début à la fin, tu n'as pas ménagé tes efforts pour donner le meilleur de toi-même, tu sais ce que tu fais et tu le fais bien. Ça passe parfaitement avec eux. Tu me parais pourtant abandonner parfois trop facilement…

— L'intimidation je suppose, je découvrais avec vous ce qu'était réellement le milieu, répondis-je le nez dans l'assiette pour ne pas avoir à le regarder.

Il a, en plus d'autres nombreuses qualités, le don d'observer, d'infiltrer le cerveau de ceux qui l'entourent pour en connaître les moindres recoins. Quelle audace !

— Je ne te parle pas de l'inexpérience, celle-ci tout le monde la vit. Je ne te suis pas, tu passes du chaud au froid, tu étais souriante pendant que tu préparais les chevaux et pourtant quand je t'ai demandé de mener tu m'as paru renfermée. Tu paniques, comme si tu préférais tenir les seconds rôles, m'explique-t-il calmement et bizarrement soucieux.

Sans le quitter des yeux, je bois une gorgée de vin, je ne suis pas difficile à saouler et quand je sens mes pommettes rougir, je le désigne comme principal allié contre le stress.

— Tu sais Paul, je suis quelqu'un qui respire la joie de vivre au quotidien, je me contente de peu et jouis de chaque instant. Si je rencontre quelqu'un qui m'intéresse, que ce soit sa personne ou ses façons de penser, je ne désire qu'apprendre à le connaître. Je pense savoir créer quelque chose entre cette personne et moi pour que le courant passe, expliquais-je en remuant le peu de paella restante. Si je suis seule avec mon cheval, je n'aurai pas vraiment besoin de parler, je vais créer ce même lien et puis je verrai ce qu'il me donne en retour. Je n'attends rien de lui, je le laisse venir. Et quand on rentre en fusion lui et moi je suis… moi. Je respire un autre air, j'ai de l'ambition et je me moque du reste. Or, si la fusion s'avère plus difficile à obtenir, je suis perturbée. Je me sens observée, jugée, dès lors tout prend son importance et je me perds dans… un torrent de sensation ! finis-je, l'œil quelque peu hagard.

— Qu'est-ce qui te fait peur dans le fait d'être jugée ?

— Tout. L'image que je renvoie me paralyse, j'ai été habituée à me plier aux règles pour ne rentrer que dans un seul moule. S'ils y arrivent, je me dois d'y arriver, dis-je consciente du peu d'estime que j'offre de moi-même.

Paul est sans voix, il n'a pas l'air de partager ma façon de penser. Une ride se dessine sur son front, une ride parmi tant d'autres mais celle-ci plus marquée.

— C'est ridicule Marie. On a tous débuté un jour, on a tous été mauvais, on a eu, et parfois même on a encore, deux pieds gauches.

Si tu n'as pas confiance en toi tu n'arriveras à rien, c'est très dur de se faire face et le regard des autres ne contribue en rien à te conforter… Qu'est-ce que tu fais dans cette formation ? demande-t-il en avalant un peu de vin, montrant tantôt un côté de lui gentil puis la minute d'après, un air intransigeant.

Ce n'est plus une discussion mais un interrogatoire, ça n'est vraiment pas très agréable.

— Je voulais devenir monitrice d'équitation… C'est de loin la pire erreur que j'ai faite, je ne suis pas faite pour ça… dis-je intimement convaincue.

— Vraiment ? demande-t-il en se servant une seconde fois.

J'avale le peu de vin qu'il me reste dans le verre, je n'ai pratiquement rien avalé pourtant je suis rassasiée tellement son regard se fait insistant. Sa curiosité est envahissante. Probablement grâce à l'alcool, je me décide à rentrer dans cet inquisitoire, plisse les yeux et lui lance une réponse plus que stricte.

— C'est de l'exploitation selon moi. Bien sûr, il faut des écoles pour apprendre à monter à cheval, c'est grâce aux centres équestres que je me suis amourachée des chevaux, mais ce n'est certainement pas grâce à eux que j'ai appris le respect du cheval à l'état naturel. Ils m'ont juste appris à connaître la peur, à me jeter sur tout et n'importe quoi. Je ne me vois donc pas enseigner continuellement les mêmes choses, pas au détriment des chevaux, dis-je d'une seule traite consciente que j'en dis certainement trop.

— C'est rare les gens qui s'en rendent compte, c'est drôle cette façon que tu as de t'affirmer ce soir… me dit-il, un brin moqueur pour me mettre au pied du mur.

Je l'observe débarrasser nos assiettes. Pendant qu'il les dépose dans l'évier je rejoins le canapé, complètement avachie et l'esprit flottant au-dessus de toute pudeur. Il est presque 22 heures maintenant et je ne suis pas encore décidée à aller me coucher. Je décide plutôt de le questionner à mon tour lorsqu'il revient s'asseoir.

— Et toi ? Qui es-tu ? le questionnais-je amusée.

— Oh mais moi tu en sais déjà beaucoup, je n'ai pas parlé pour rien pendant une demi-heure, enfin j'espère, me dit-il en souriant faiblement.

— Non, j'ai écouté… Tu arrives à vivre seul ici ? dis-je en orientant ma question dans un but bien précis.

— Mais je ne suis pas tout seul heureusement, j'ai les chevaux pour m'occuper, beaucoup de travail en perspective et puis je ne suis quasiment jamais seul de toutes mes journées…

— Pas de femme, ni d'enfants ? me risquais-je.

Il reste un instant silencieux, je sais qu'il n'avouera rien et puis on ne se connaît pas. Peut-être ai-je été trop loin et croyant ne jamais avoir de réponse, je l'entends pousser un soupir.

— Non. J'ai été en couple mais il n'a pas résisté. Il ne s'est pas orienté dans la même direction que moi, affirme-t-il sans appel.

— Je t'embête avec mes questions ?

— Tu es audacieuse, je dirai même imprévisible. Étonnant pour quelqu'un qui n'a pas confiance en soi, dit-il flatteur.

— Disons que j'ai confiance en quelques-unes des situations de ma vie, m'empressai-je de répondre en souriant.

Un silence s'installe entre nous pendant de longues minutes. Si une personne était entrée à ce moment-là, tout lui aurait paru normal. Paul est allongé sur le fauteuil d'en face, son verre posé sur la table basse, le bras gauche sous sa nuque, le bras droit le long du corps ; il a un genou replié et l'autre par-dessus. Ses yeux restent fermés, sa tête posée sur l'accoudoir… il a l'air vulnérable. Mon Dieu ce qu'il m'attire ! J'ai bien conscience de n'être rien de plus qu'une élève, je sais que je ne dois pas ressentir ça mais qu'importe ! Le t-shirt qu'il porte laissait dévoiler une partie de sa hanche et de son torse compact, ses bras pourtant au repos se jonchent de ses muscles transis par l'effort qu'il a fourni aujourd'hui. Ce n'est pas de l'amour, non. Une sorte d'adoration, une attirance indéniable. Peut-être animée par des sentiments ridiculement puérils et juvéniles.

Je suis restée ainsi, allongée sur le flanc, mes yeux ont commencé à se fermer. Je ne sais pas si c'est le vin, la lumière tamisée, le décor vintage ou son corps qui m'ont étrangement fatiguée mais je me sens vidée. Je somnole en pensant à ma journée de demain, bien morose comparée à celle-ci.

— Tu ne m'as pas dit ce que tu voulais faire après… lance-t-il en me réveillant en sursaut.

Je mis quelques minutes pour me remettre de la surprise, appréciant de voir qu'il s'est retourné sur le flanc lui aussi pour m'observer. Depuis combien de temps d'ailleurs ?!

— Devenir maréchal-ferrant, répondis-je avec aplomb.

Il ouvre de grands yeux, ne s'attendant visiblement pas à ça et – comme la plupart des gens – me met en garde.

— C'est bien, mais ce n'est pas un métier facile tu sais. Physiquement parlant, j'entends. Le dos, les articulations, les risques, tout cela est à prendre en réelle considération tu sais…

J'ai beau être tout ce qu'il y a de plus abordable, je ne supporte pas ces commentaires négatifs. Ces péjorations que l'on se contente de répéter à tort et à travers sans même savoir de quoi on parle. C'est généralement l'air supérieur qui se dessine sur leurs visages quand les gens parlent de ça qui me rebute. Bien sûr, vous êtes des hommes, ai-je envie de lui dire. Et puis merde ! Je me renfrogne, prends mon portable sur la table basse et me lève.

— Je ne sais probablement pas tout, mais j'apprendrai. C'est ce que je veux, et je m'en donnerai les moyens. Et j'aurai le mérite, si je me trompe, de dire que je sais ce que c'est, dis-je fermement en contournant la table pour monter.

Il m'attrape le poignet en se relevant brusquement. Son regard est navré, je crois, de m'avoir vexée.

— Je le sais… Je sais que tu le feras, tu n'as rien à me prouver. C'était simplement pour parler… me dit-il gêné. Je ne suis pas macho. Excuse-moi…

— C'est pas toi… c'est juste que c'est difficile d'entendre toujours les mêmes choses et de ne jamais avoir d'encouragements. Je suis fatiguée, je vais monter je crois… lui dis-je en me radoucissant.

— Bien sûr, je vais y aller aussi !

Je monte les escaliers et me dirige vers ma chambre de substitution. Fermant à moitié la porte, j'enlève mes vêtements et rentre dans la salle de bains. Il fait bon, je fais couler l'eau pour qu'elle se réchauffe et retourne chercher ma trousse de toilette. Je me démaquille tout en m'observant dans le miroir. Le teint fade, les cheveux rêches, les épaules affaissées en dessous de mes trapèzes saillants que je tente de cacher… Une poitrine raisonnable qui arpente des hanches larges ; et mes cuisses, heureusement la vasque du lavabo les cachent. Épaisses et rondes je n'arriverai jamais à les assumer. Je me détache de ce constat plutôt alarmant pour me glisser sous la cascade d'eau qui se déploie sur mes cheveux. Toutes mes tensions s'évaporent au fur et à mesure que la chaleur me pénètre. Je sors enfin au bout de 10 minutes, enroule une serviette en croissant sur ma tête et une autour de ma poitrine. Je remarque que Paul m'a laissé un mot sur le lit.

« Tu as été bien largement capable, tu ne douteras de rien. Aie confiance ! »

Je souris en voyant qu'il me considère et comme ça lui importe de me rassurer après nos échanges. Je me tourne vers la porte pour la fermer, jetant un dernier coup d'œil vers celle de Paul en l'apercevant, torse nu, écrivant un message sur son téléphone. « Sans doute à Lil » pensais-je un peu jalouse.

Je ferme la porte, sourire aux lèvres, enfile ma chemise de nuit, me glisse sous la couverture et éteins la lumière. Je me sens déjà sombrer en quelques minutes, repensant à ma journée, à ce que je veux, à ce que j'ai, à ce que j'aime…

Je me réveille en sursaut. Il est 3 h 14 sur mon téléphone que je viens d'allumer, je transpire, j'ai chaud… Tout ce que j'ai dans la tête me paralyse et les nuits y sont souvent coutumières. Mes dossiers, les cours, le Bac, le permis de conduire ; tout est trop lourd à digérer. J'ai terriblement soif mais je n'ose pas me lever par peur de réveiller Paul. Après 10 minutes à fixer le plafond en espérant me rendormir, je décide d'enfiler mon peignoir et sors le plus silencieusement de la chambre. La maison est plongée dans l'obscurité lorsque je descends, j'allume la lampe au-dessus de l'évier car c'est bien la seule que je sais positionner. Je cherche un verre dans le placard pour me servir de l'eau au robinet. La fraîcheur qui se propage après une gorgée d'eau m'apaise ; en ce début du mois de septembre, les nuits sont encore étouffantes. Je vais m'allonger sur le canapé, il fait plus frais ici que dans la chambre. Mon esprit vagabonde, d'abord le lycée, puis Paul ; ce qu'il m'a proposé… Je m'étonne moi-même de la confiance que je lui accorde, ici, chez lui, sans même le connaître. Il me fait me sentir en sécurité. J'ai mal à la tête et ne tarde pas à me rendormir.

Une odeur de café mêlée à la lumière du jour me réveille. Quand j'ouvre les yeux, Paul est assis en face de moi, une tasse de café à la main. Endolorie et encore endormie, je me redresse et découvre une couverture sur moi, heureusement… D'un seul coup j'imagine ma tête, le teint pâle, les cernes, les cheveux en bataille… Oh non !

— Le lit était si inconfortable que ça ? me dit-il en buvant lentement son café.

— J'avais trop chaud, je suis venue boire. Mais c'était prévu que je remonte, répondis-je en esquissant un sourire.

— Tiens…

Je prends la tasse qu'il me tend et en boit immédiatement une gorgée. Étais-tu en train de me regarder dormir ? J'émerge subitement en cherchant mon téléphone, quelle heure est-il ? !

— Ne t'inquiète pas, il n'est que 8 h 30… À quelle heure dois-tu rentrer ?

— Le plus tard possible, dis-je sans réfléchir. Je rougis devant l'expression surprise de Paul. Quelle conne !

— Je te ramènerai en fin de matinée ? C'est assez tard pour toi ? rit-il.

Je lui souris en guise d'accord et finis mon café. Je viens de m'apercevoir que je suis en nuisette sous mon peignoir et je me sens terriblement exposée. Je me rassure en voyant qu'il n'a pas eu l'air d'y prêter attention. Paul débarrasse nos tasses dans l'évier et les lave dans la foulée : étonnant ! Je profite qu'il soit occupé pour glisser du canapé et monter à l'étage.

Je ferme la porte et me déshabille. Réfléchissons… S'il compte me ramener au lycée en fin de matinée c'est qu'il a certainement une idée en tête, j'opte alors pour un jean. Je m'habille en vitesse, m'attache les cheveux, me maquille légèrement et descend à la hâte.

En bas, Paul est accoudé sur l'îlot central et me regarde me dépêcher. Pendant que je mets mes boots, je sens son regard scrutateur sur moi.

— Les cheveux attachés ? demande-t-il, nonchalant.

— Pour travailler, toujours ! m'enquerrais-je, cherchant le sens de sa question.

— Prête pour aller bosser ?

— Prête !

C'est dingue comme il est d'humeur taquine aujourd'hui et ça me fait sourire.

CHAPITRE 4

Il m'ouvre la barrière du pré et me laisse y rentrer avec Mélody que nous avons garnie ensemble. Pendant qu'il referme derrière moi, j'observe les cônes que je ne connais que trop bien. Je sais déjà ce que Paul attend de moi. Les guides en main je marche droit, palonnier au sol, me concentrant sur l'allure de Mélody et sur la rectitude de ses déplacements. Délicatement, levant les yeux, je passe les portes, une à une prenant garde à ne pas faire tomber les balles posées dessus. Je réussis à enchaîner le parcours étroit et sinueux monté par Paul, qui a l'air satisfait de ce qu'il voit.

— Ok, c'est pas mal… On va refaire la même chose mais avec quelque chose derrière. Je te demande la même chose mais en tenant compte d'un gabarit supplémentaire, me dit-il en attachant un morceau de bois.

— Je ne suis pas sûr Paul… Hier, c'était plutôt catastrophique…

— Vas-y ! Entre dans l'axe et concentre-toi, ordonne-t-il.

Je reprends le pas en laissant la jument se positionner dans le collier, puis me dirige vers la première porte. Je contrôle le rythme du mieux que je peux et essaie d'imaginer la trajectoire à adopter pour garder la bille perpendiculaire à ma porte balisée… Une fois passée, la bille de bois tourne et glisse sous le ventre de la jument l'empêchant d'avancer. Heureusement Mélody s'arrête et reste statique, tandis que moi je reste là, recherchant la solution qui ne vient pas. Paul s'est approché de la jument, il dételle la charge et me demande d'avancer Mélody. Il entoure à nouveau la chaîne autour de la bille et replace la porte. Je m'apprête à lui laisser les guides mais il se place derrière moi, comme hier pour exiger que je m'applique.

— Là. Ferme tes doigts sur tes guides, baisse les mains et détends les coudes… dit-il en serrant fermement mes bras.

J'obéis et me prépare à marcher mais il me retient par la taille. Il serre son bras autour de moi sans pour autant coller son corps au mien. Il reste silencieux puis, au bout de quelques secondes, me glisse calmement quelques mots à l'oreille.

— Détends-toi… dit-il d'une voix grave en insistant sur chaque syllabe. Tu ne respires pas assez et tu es trop accrochée à sa bouche, m'explique-t-il.

Je sens son souffle dans mon cou et suis soudainement liquéfiée, me rendant compte que j'étais en apnée depuis le début. J'ai la tête qui tourne. Il s'en rend compte et s'écarte instantanément. Je laisse Mélody reprendre le pas et Paul marche à côté. Soudain, son téléphone sonne. Il regarde l'écran puis me demande de ramener Mélody en s'éloignant, l'air sérieux. La séance est terminée ? Je n'ai pas envie de rentrer, retrouver les autres, retourner en cours, ne plus le voir, ne pas savoir quand et comment revenir… C'est tellement frustrant. Ne pas savoir. J'ai peur qu'il m'oublie, après tout il n'a pas besoin de moi ici. Ce n'est qu'une simple activité d'initiation.

Je ramène donc la jument jusqu'à la barre d'attache pour m'occuper d'elle. Je dépose le collier sur son support dans la sellerie et prends une brosse pour panser Mélody. Quand je reviens, licol en main, Paul est dans l'encadrement de la porte. Il me fait sursauter à chaque fois. On ne voit que sa silhouette à contre-jour, silencieux comme à son habitude. Même si je ne le connais pas assez, je sais quand il se rembrunit. J'imagine que son appel n'y est pas pour rien. Il peut me faire la leçon, mais lui n'est pas mal non plus dans le genre lunatique.

— Ça va ? demandais-je, sachant pertinemment ce qu'il répondra.

Il s'adosse au mur et fixe le soleil. C'est une belle journée mais je ne suis pas persuadée que ce soit ce qu'il pense à cet instant précis.

Il me regarde à nouveau et se fait hésitant. Ses yeux naviguent sur mon visage, vides. Nous sommes là, silencieux.

— Oui, très bien ! Je peux te ramener au lycée ? demande-t-il soudainement.

Il paraît pressé, peut-être même indifférent. Je suis surprise… De toute façon je me suis laissée aller, j'ai tout autant de travail au lycée, c'est mieux d'arrêter tout ça.

— Bien sûr. Je vais prendre mes affaires et je suis prête.

Je suis froide et directe, c'est une façon pour moi de me protéger. Je le considère tellement que je ne sais jamais sur quel pied danser. Mieux vaut laisser tomber… Pourquoi se renferme-t-il ? Je passe devant lui sans le regarder, traverse la cour et rentre dans la maison.

— Bon… Merci Paul, pour tout. J'ai vraiment passé un bon moment ! dis-je tout à fait honnête avec lui une fois arrivée sur le parking du lycée.

— De rien, ça m'a fait plaisir de partager ce moment, répond-il poliment.

Il descend de voiture, je fais de même en récupérant mon sac dans le coffre. Faisant le tour de la voiture pour lui serrer la main, il pose la sienne sur mon bras et me fait la bise, de manière inattendue. J'en reste hébétée ! Je me contente de lui sourire et de lui souhaiter une bonne journée avant qu'il ne gagne l'entrée du CFPPA, et moi celle du lycée. Alors voilà, de manière écourtée, je lui ai dit au revoir sans même l'espoir de le revoir de sitôt.

Dans le hall, je me dirige vers les vestiaires pour poser mon sac et récupérer ma carte de self. Je tombe nez à nez avec Marion et Garance qui changent de vêtements, le hasard !

— Salut les filles ! Alors ? Vous êtes allées courir ce matin ? demandais-je en leur faisant la bise à chacune.

— Ouais, on a fait le petit tour par le Bois du Cœur. Il fait encore super chaud, me dit Garance en enfilant ses bottines.

— Et toi ? C'était bien chez Apolline ? demande Marion, visiblement taquine.

— Très bien ! On a plus traîné, qu'autre chose… mentis-je.

Je ne m'attarde pas sur les détails. Non pas parce qu'elles ne me croiraient pas, mais surtout parce que Marion ne supporte pas Apolline. Avant qu'elle arrive l'année dernière, elle et moi étions très liées ; et puis les querelles de lycée et nos caractères endurcis nous ont éloignées. Même si on s'apprécie toujours, elle tient Apolline pour seule responsable de notre pseudo-séparation. Les parfaites querelles d'un petit couple, peut-être le prochain thème d'un de mes exposés !

— Je vais juste passer un coup de fil et je vous rejoins, d'accord ?

— OK, à tout de suite, répondit Garance devant la mine contrite de Marion.

Je sors du local pour pouvoir téléphoner… Encore une règle de vie en communauté, comme il l'appelle ici. Bien que je sois une citoyenne plus qu'exemplaire, je ne peux pas promettre obéissance tous les jours. Je déverrouille mon portable et cherche « Maman » dans mon répertoire ; il est temps de lui donner des nouvelles. Elle décroche au bout de deux sonneries.

— Allô ?

— Oui, c'est moi. Je t'appelle juste pour te dire de ne pas t'inquiéter, j'étais crevée hier en rentrant donc je ne t'ai pas appelée. Je n'ai cours que cet après-midi, j'en ai profité pour dormir un peu, expliquais-je d'une traite.

— J'ai bien compris, c'est pour ça que je ne t'ai pas dérangée, répondit ma mère toujours compréhensive. Alors, c'était comment ?

J'hésite un moment, m'accordant une minute de réflexion… Avec tous ces secrets, je ne sais plus vraiment quoi dire.

— Vraiment cool ! Je suis allée avec eux dans les bois, j'ai mené un petit peu aussi. C'est quelqu'un de compétent.

Pas trop d'éloges, Marie !

— Je suis contente pour toi, mon cœur ! Et puis ça te sort un peu du lycée. Qu'est-ce que vous avez fait hier soir ?

Je réfléchis rapidement à quelque chose de convainquant avant qu'elle ne se doute de quoi que ce soit. Elle m'accorde toute sa confiance, elle me connaît, elle sait que je suis raisonnable. Et même s'il n'y a strictement rien à cacher, je ne peux pas croire qu'elle pourrait tout accepter. Et puis je ne veux pas l'inquiéter inutilement.

— Oh… On n'a pas fait grand-chose. Le foyer, comme d'habitude, et puis je suis rentrée à l'internat à 21 h 30…

— Encore ?! Tu rentres tôt ! Prends le temps de te vider la tête quand même, ne reste pas toujours enfermée, d'accord ?

— Oui maman, ne t'inquiète pas ! Bon allez je te laisse, je vais manger. On se voit vendredi !

— D'accord, à plus tard. Bisous !

— Bisous, finis-je.

Je range mon portable et rejoins les filles devant le self. J'intègre la file d'attente qui s'étend sur plusieurs mètres – comme chaque midi – et me retourne pour observer l'entrée du CFPPA à travers les vitres. Je sais qu'il est là, la Golf est sur le parking.

À côté il y a une seconde file d'attente, ce sont tous les enseignants qui attendent. Je les fixe en m'évadant un peu, si bien que je ne me suis pas rendu compte que Zaza, notre référente en pratique professionnelle m'observe, tout sourire. J'ai beaucoup d'affection pour elle, c'est ma deuxième famille pendant la semaine. Elle s'immisce discrètement entre son mari – qui est également le responsable de la filière équine au CFPPA – et un autre homme que je ne connais pas, pour venir me voir. Elle pose sa main sur mon avant-bras et je me sens bien tout à coup.

— Alors ma grande ? Ça va ? me demande-t-elle.

— Oui ! Et toi, Zaza ?

— Oui… Maylï m'a dit que vous étiez allés voir Paul ? La classe a aimé ?

Garance et Marion jusque-là silencieuses interviennent subitement dans la conversation avant que je ne prenne le temps de répondre.

— C'était bien. Il est sympa le formateur, il nous a fait faire des exercices avec les chevaux, commente Garance.

— Et puis ça nous change aussi de voir autre chose, rajoute Marion, débordante d'enthousiasme comme à son habitude…

— Et toi ? Tu as trouvé ça génial… N'est-ce pas ? me questionne-t-elle, voyant mon sourire grandissant.

— Évidemment ! Hier, elle y était toute l'après-midi ! s'exclame Garance.

Zaza me lance un regard complice et me sourit tendrement en me caressant le bras.

— C'est bien ma biche, je suis contente pour toi, me dit-elle avant de partir rejoindre son mari.

Quelques minutes plus tard nous nous installons à table, placée en face de Marion j'entame une conversation sur les cours pour tenter de revenir à des occupations prioritaires !

— Je n'ai vraiment aucune envie de me replonger dans mon dossier ! Il faut que je corrige ma durabilité environnementale pour lundi, et j'ai la tête fatiguée ! leur expliquais-je.

— Moi, c'est pareil ! Ce n'est pas la durabilité mais les Soldes Intermédiaires de Gestion… Il faudrait que je commence d'ailleurs, pour pouvoir corriger… explique à son tour Marion, nous faisant éclater de rire !

— Il n'y a pas à dire, un jour on sera douées… un jour peut-être ! dis-je hilare.

Les filles continuent de discuter de choses sans importance pendant que mon regard vagabond navigue, de table en table, n'arrivant pas à se décider… Je veux penser à autre chose, mais il n'y a rien à faire. Je cherche cet homme volontairement et finis par le trouver, à quelques mètres de notre table. Il est plongé dans une discussion, absorbé même et ne me voit pas. Je lui en suis reconnaissante. Les filles parlent entre elles mais je ne prête pas vraiment attention à ce qu'il se dit. Il n'y a plus que ses yeux d'un noir extrême, les courbes de sa bouche, les veines qui se dessinent sur son cou au rythme qu'il s'exprime… Il est toujours vêtu d'habits de couleurs sombres, du noir ou du gris, aujourd'hui c'est une chemise noire, toujours déboutonnée au col. Il a cet air sombre sur le visage qui ne le définit que trop bien, un trait de caractère bien personnel, provocant ou hardi… Pourtant, en le côtoyant, il se montre parfois bien différent. J'ai le cœur qui bat plus vite, la respiration qui s'accélère. Je me sens rougir sans même me voir. Il vient de me prendre sur le fait. Il me jette des regards furtifs, loin d'être intimidé. Un sourire discret s'affiche sur son visage, il paraît amusé. Dix minutes passent avant que je ne me lève pour mettre un terme à tout ça.

— Je vous laisse. Il faut que j'aille en salle informatique voir mes mails… Ça ne vous dérange pas ? Vous me rejoignez ? demandé-je, presque gênée.

— Ouais, pas de problème, répond Garance, intriguée par mon malaise.

J'enfile ma veste avant de partir. Je préfère ne pas le regarder mais je sens quand même son regard dans mon dos. Je me rends au comptoir où je débarrasse mon plateau, puis regagne la sortie. Malheureusement – ou non – il faut que je contourne le self par l'extérieur pour regagner le hall… Je tourne la tête quand j'approche de la vitre en question au moment exact où Paul me reluque de haut en bas, les bras croisés sur son torse, adossé au dossier de sa chaise. Il faut que j'arrête, ce n'est qu'un fantasme très décalé et vraiment pas tolérable.

J'entre en salle informatique et heureusement elle est déserte. Je déteste quand c'est bondé. Je ferme la porte pour être tranquille et ouvre ma session. Un mail d'une vieille amie qui m'a accueillie chez elle lorsque je suis allée en Espagne me parvient ; j'ai hâte de la revoir. Grâce à elle, j'enrichis mon espagnol, la culture des langues étrangères m'apporte beaucoup ! C'est grâce à ma scolarité ici que j'ai pu apprendre l'anglais en plus du portugais, ma langue natale. Je suis en train de lui répondre quand la porte de la salle s'ouvre et je n'en crois pas mes yeux… Paul ! Il referme derrière lui. Des questions fusent dans ma tête mais la principale étant : Qu'est-ce qu'il veut ?

— Tu t'es perdu ? dis-je, une pointe d'humour dans la voix.

C'est dingue comme j'arrive à paraître détendue quand je ne le suis pas réellement.

— Non… Je voulais te proposer quelque chose. Tu fais quoi ce soir, après 18 heures ?

— Rien pour l'instant, pourquoi ? répondis-je, l'œil brillant.

— Tu te souviens de Lil ? Elle va passer un examen cet après-midi… Je pensais que peut-être tu aimerais venir voir. Elle maîtrise bien la maniabilité. Tu pourrais lui demander conseil ? demande-t-il intéressé.

Il a l'air sérieux… Je veux dire, impliqué pour avoir pensé à tout.

— Tu sais, je ne veux pas vous prendre du temps ou paraître intrusive. Tu n'es pas obligé de faire tout ça… dis-je en baissant les yeux.

Et connaissant l'entente entre eux, m'imposer au milieu du champ de bataille n'est pas vraiment ce que j'avais espéré.

— Je ne suis pas obligé, mais je le veux bien. Si tu ne peux pas ou même si tu n'en as pas envie, tu peux me le dire. Rien ne t'y oblige.

Je me rends finalement, persuadée que ce pourrait être un moment agréable.

— D'accord, j'y serai.

— Tu resteras ? Le soir ? demande-t-il soudain plus sérieux.

— Si tu veux…

J'ai répondu tellement vite que je ne sais même pas moi-même si c'est correct ! Ces derniers temps, je me laisse un peu dicter par mon subconscient et il n'est pas mon meilleur conseiller !

— Très bien ! Alors à tout à l'heure, finit-il par dire avant de se lever et de partir.

Je ne me pose pas de questions, je m'interdis d'analyser ou de réfléchir car j'ai bien peur de revenir sur ma décision sinon !

La porte s'ouvre à nouveau et mon cœur se met à battre plus fort. Fausse alerte, il s'agit d'Apolline qui apparaît dans l'entrebâillement.

— Ah ! Salut Apo ! lancé-je, ravie de la retrouver.

Vais-je réussir à finir mon mail ?!

— Comment ça va ? répond-elle, d'aussi bonne humeur.

— Mieux maintenant ! Et toi ?

— Je suis en pleine forme, j'ai monté ma jument hier soir et j'ai réussi à enchaîner 1,30 m ! C'est chouette, non ? s'enquiert-elle, les yeux qui brillent.

— Top ! Tu as des nouvelles de ton voisin ? je lui demande, espérant la taquiner un peu.

— Ne m'en parle pas ! Entre les messages de cul, les propositions douteuses et ses feuilles d'eucalyptus qu'il fume à gogo : je n'en peux plus !

Nous rions tellement que nous sommes obligées de sortir de la salle pour se rendre devant notre salle de cours. Il n'y a personne dans les couloirs. Je souhaiterais tellement me libérer et expliquer ce qu'il m'arrive à Apolline, mais je n'en trouve pas le courage. À vrai dire, je n'aime pas parler de moi et encore moins de mes sentiments suffisamment honteux. Heureusement, elle est quand même bien assez curieuse pour me rendre ce service…

— Et toi alors ? C'était bien hier ? demande-t-elle, en sous-entendant quelque chose.

— Oui c'était super ! Il m'a laissé mener et… ce matin aussi…

— Tu étais chez lui ce matin ? s'écrie-t-elle.

— J'ai dormi chez lui… dis-je, pas très fière tout à coup.

Elle paraît choquée. Enfin, faussement choquée car elle sourit déjà en coin.

— Ce n'était pas prévu mais ça s'est prolongé… Il a une maison magnifique et c'est un vrai gentleman. J'ai eu une chambre et une salle de bains attitrées ! dis-je moi-même encore surprise par mon engouement.

Apolline m'observe, elle me connaît bien sûr. Elle comprend à l'intonation de ma voix et à l'assurance dont je manque, qu'il y a autre chose derrière tout ce discours bien récité. Elle sourit.

— Marie… Dis-moi ce qu'il s'est passé avec ce gentil monsieur, dont tu revendiques le savoir et pour lequel tu as l'air… très attirée, me charrie-t-elle.

— Rien ! Strictement rien, ça n'est pas un pervers ! criais-je en riant.

— Alors, quoi ? Pourquoi tu ne m'en dis pas plus ?

— Parce qu'il n'y a pas besoin de s'étaler plus… dis-je en rougissant, fuyant son regard.

— Raconte-moi ! Allez ! s'impatiente-t-elle.

— Ok ! Il me plaît. Il est viril, si différent des autres… Cet homme est terriblement bon et dans tout. Je n'ai absolument pas le droit de penser ou même imaginer quoi que ce soit avec lui.

Voilà, j'ai mis des mots sur ce que je ne voulais surtout pas m'avouer. Et j'ai avoué ce qu'il ne fallait surtout pas dire.

— Je ne sais pas pourquoi, mais ça s'est vu comme le nez au milieu de la figure ! Tant que tu ne touches qu'avec les yeux ! me dit-elle en clignant un œil.

Elle éclate de rire et je ris avec elle, je ne peux garder mon sérieux quand on discute ensemble.

— Arrête de rigoler ! Sérieusement ! Tu crois que je dois arrêter de le voir ? demandais-je aussi sérieuse que possible.

— Mais non ! Tu te fais plaisir avec ses chevaux. Et puis tu ne vas pas lui sauter dessus, alors on s'en fiche. Profite, Marie ! En plus c'est vrai qu'il a un joli petit cul… glisse-t-elle, guillerette.

— T'es bête ! Dis, tu pourrais me couvrir auprès de Marion, Garance et puis les autres ? Je leur ai dit que j'avais passé la nuit chez toi et je n'ai pas tellement envie qu'elles apprennent la vérité, lui dis-je, contrariée de lui demander ça.

— Mais ne t'inquiète pas, je jouerai le jeu ! Et puis arrête de te sentir coupable comme ça, il n'y a rien entre lui et toi.

— En fait… Ce soir aussi, j'ai besoin de toi, grimaçais-je, craignant déjà sa réponse.

— Ah, d'accord ! Deux soirs de suite ? Pourquoi ?

— Il a une stagiaire qui, apparemment, se débrouille bien. Comme j'ai encore beaucoup à apprendre, Paul pense que ça me serait bénéfique…

— Et bien si Paul pense que ce serait bénéfique, alors d'accord… se moque-t-elle, gentiment.

— D'ailleurs, je pense que lui et la stagiaire…

Je lui laisse deviner la suite de ma phrase en souriant à moitié.

— C'est vrai ? Il est comme ça ? ! sourit-elle.

— J'en sais rien. J'ai cru comprendre qu'il y avait un semblant d'histoire… Bref !

Je joue maintenant à la petite fille, quémandant un alibi alors qu'il n'y a rien à cacher ! C'est dingue… mais indispensable ! Apolline me sourit et acquiesce gentiment.

— T'es adorable ! m'écriais-je en lui sautant au cou.

L'heure d'aide rapide semble interminable, tellement ennuyante quand on n'en a pas besoin. Dans tout ce que j'ai entrepris jusqu'ici, les cours ont été ma priorité. Les trois ans dans lesquels je me suis engagée prendront fin quand j'aurai mon diplôme. Après s'être changées, Apolline et moi sortons sous le porche en attendant l'appel. Le sport est notre matière favorite ; non seulement parce que l'on adore l'activité mais aussi pour notre prof, Monsieur Lidier. Le badminton est de loin, beaucoup plus intéressant avec son sens de l'humour.

Lorsqu'il arrive, nous sommes déjà dans le bain, souriantes et prêtes à faire feu ! J'ai enfin la tête vide. Jusqu'au gymnase nous discutons avec lui et Garance, de sa vie trépidante. Divorcé, père de deux enfants… et grand sportif ! Vie de famille et sport, selon nous, s'accordent difficilement avec la personnalité de Monsieur Lidier. Apolline et moi étant changées, nous nous dirigeons directement dans le gymnase et montons les terrains de badminton. Après avoir largement négocié avec lui, il nous donne les raquettes et les volants pour que nous nous lancions dans des échanges plus que comiques. C'est un homme brillant. En dehors du fait que son humour soit très subtil, il est intelligent, consciencieux, méthodique et très malin. De plus c'est un bel homme, fin, les cheveux grisonnants. Très élégant.

Nos deux heures se terminent. Quelle tristesse, retour aux petits problèmes du quotidien de lycéennes. Je ne me change pas, j'irai chez Paul en courant ; peut-être que ça m'aidera à me détendre. Comme chaque fois, nous attendons assises devant le gymnase le reste de la classe encore dans le vestiaire. Une classe de filles, bien sûr, et un seul garçon, Nathan, le chouchou de ses dames ! Monsieur Lidier nous rejoint sur le perron environ dix minutes après et s'adresse à nous en charriant.

— Encore vous ? !

— Oui Monsieur, encore ! On vous manquera quand on sera parties d'ici, dit Apolline.

— D'ici, du gymnase vous voulez dire ? lance-t-il, feignant de ne pas comprendre.

Il nous offre son sourire enfantin, comme à chaque fois, et puis son attention se porte sur moi.

— Marie, quand est-ce que tu chantes déjà ? demande-t-il.

— Mercredi soir à 20 heures, ce sera au foyer du lycée je pense. Il faut que j'en parle avec Émeline.

— D'accord, j'y serai en tout cas !

— Merci Monsieur, répondis-je en souriant, touchée.

Je chante dans un groupe depuis la classe de première. Depuis que j'ai rencontré Émeline, élève de Terminale à l'époque et membre du groupe de musique du lycée. Elle jouait de plusieurs instruments, j'étais très intriguée et je me suis rendue à leurs répétitions. Je me revois encore à l'entrée, ébahie par la résonance de leurs cordes, par les sensations que cela me procurait et par la musique. Rosie chantait, Nathan jouait de la guitare, Émeline passait de la guitare à la batterie, de chanson en chanson et puis il y avait Andréa… Je souris en repensant à elle, bassiste du groupe. Une personnalité en or, quelqu'un d'exceptionnel. Je me tenais là, entre la batterie et la basse, assise sur un jambé, envoûtée par *You* de The Pretty Reckless. Émeline m'a proposé de me joindre à Rosie, seulement une heure, et puis je ne suis jamais repartie. Maintenant, on se retrouve une à deux fois par mois pour s'entraîner et puis on donne des représentations au lycée. Je vis des moments incroyables avec eux. À la fin de chaque interprétation, je ressens la chaleur de tous ces gens qui ont dansé avec nous, sur les rythmes endiablés de leurs accords. C'est tellement grisant comme sensation. Je les remercie si souvent de m'offrir ça.

La classe me tire de ma rêverie, elle est enfin réunie. Il est presque 17h45 et je n'ai pas encore récupéré d'affaires à l'internat. Comme à chaque fin de cours d'EPS, Apolline et moi repartons en courant. Je l'accompagne jusqu'à la porte du vestiaire pour lui dire au revoir et m'empresse ensuite de monter à l'internat avant qu'il ne fasse trop sombre.

Dans la chambre, il règne un silence mortuaire. Les volets et fenêtres fermés, les lits décalés, les armoires ouvertes, les affaires qui traînent… Je suis poussée par l'envie de tout ramasser mais je m'abstiens et me contente d'ouvrir mon placard. Je remplace mes affaires d'hier par les propres et enfile mon sac à dos. Je prépare aussi ma valise et la remplis de tout ce dont j'ai besoin pour la maison ce week-end.

Une fois déposée au vestiaire, je traverse le hall pour me rendre à l'Ermitage. Musique dans les oreilles, baskets lacées, me voilà lancée à toute allure. Je salue Zaza en passant devant l'atelier équin et je continue mon chemin jusqu'à avoir traversé l'exploitation. Sur la route qui mène à l'Ermitage, j'augmente la vitesse en me concentrant sur ma foulée et ma respiration. Le temps d'un instant, j'oublie où je vais. J'essaie de faire disparaître ce que je ressens. Happée par l'environnement qui m'entoure et tout ce qu'il m'est possible de faire. Le problème avec toute cette frénésie, celle de ce que je ressens, c'est qu'elle prend une place immense dans ma vie, au détriment de ma concentration en cours. Le pire dans tout ça c'est que je suis déjà certaine de ne plus pouvoir m'en défaire, et même de ne plus le vouloir. Je me sens enfin libre. Le vent frais s'engouffre dans mes poumons qui s'épuisent pas à pas, j'ai les yeux humides, les joues rosies par le froid mais qu'importe, puisque je me sens bien. Je finis ma course au pied du portail de l'Ermitage, marchant en direction des voix que j'entends, le souffle court et les muscles tendus. J'aperçois Lil, non loin d'où je me tiens. Elle mène Thor sur le même parcours de maniabilité que le mien ; bien entendu, elle mène une charge supérieure à la mienne avec une aisance presque naturelle. Son cheval se plie à ses exigences, les ordres fusent et il avance pas à pas sans réfléchir, mettant en avant ses muscles puissants. Paul est assis sur la barrière, il me tourne le dos. Il a l'air calme, ses épaules sont avachies, les manches de sa chemise humide sont retroussées, les veines de ses bras apparaissent distinctement sous sa peau bronzée. Son pantalon et ses chaussures sont éclaboussés de boue et quand enfin je m'approche de lui, je remarque aussi que ses mains sont écorchées.

— Salut ! lançais-je à l'attention de Paul.

— Tiens, te voilà ! Tu es venue à pied ? demande-t-il en m'examinant de la tête aux pieds.

— En courant plus exactement, je sors du sport.

— Tu aurais dû me le dire, je serais venu te chercher…

— Ne t'en fais pas, j'adore courir et puis il ne fait pas mauvais…

Durant un petit temps, on reste là, sans discuter. Les yeux rivés sur le travail de Lil. Parfois, je ressens de la jalousie envers elle. La question est de savoir si c'est à cause de ses prestations incroyablement bluffantes, ou s'il s'agit d'une très mauvaise raison qui concerne sa relation avec lui…

— On dirait un rescapé… dis-je en souriant, faisant allusion à l'état de ses habits.

— Presque ! Le chantier était mal situé. Les chevaux n'avaient pas de surfaces stables pour tracter, on s'est enfoncés jusqu'au genou, le matériel s'enlisait… Vraiment des conditions de merde ! m'explique-t-il de son franc-parler habituel.

— Je vous plains !

Il se tourne vers moi, il sourit. Simplement. Son silence attise ma curiosité concernant Lil. Je me lance.

— En quoi consiste son examen ?

— C'est avant tout une phase d'évaluation plutôt qu'un examen. Comme les stagiaires ont intégré la formation il y a un mois, je me situe juste leur niveau, répond-il. Lil a répondu aux questions théoriques en début d'après-midi.

— Elle est consciencieuse…

J'attends qu'il réagisse et, quand il le fait, je me rembrunis tristement.

— Oui… Elle est plutôt douée. Son grand défaut c'est la précipitation ; Lil ne sait pas travailler dans le calme lorsque la situation se complique. Mais elle a une qualité rare, c'est son relationnel avec les chevaux. Jamais rentre-dedans, toujours dans la progression de son cheval. C'est frustrant, dit-il presque obsédé par la réflexion.

Malgré ma bonne foi, je bous de l'intérieur. Elle lui plaît, du moins c'est l'impression qu'il donne.

— Je ne pensais pas que la journée serait aussi fatigante… Tu ne m'en veux pas si tu ne mènes pas aujourd'hui ? me questionne-t-il, gêné de le reconnaître.

— Non… Je t'avoue que je suis un peu crevée aussi ! Je vais vous laisser alors, dis-je en refermant ma veste et mettant mon sac sur le dos.

— Attends ! Tu peux rester si tu veux…

— Je ne veux pas te déranger Paul, vous avez peut-être envie de vous retrouver pour faire le point.

— Marie. Reste ce soir, me dit-il catégorique.

Il veut que je reste… Il veut que je reste ? Je lui souris, bêtement. Il me rend mon sourire de manière bien plus franche. Au même moment, Lil revient avec Thor.

— Salut Marie ! Comment tu vas ? demande-t-elle comme si l'on se connaissait depuis toujours.

— Bien, merci. Et toi ?

— Très bien ! Paul, je le rentre ?

Elle est tellement joyeuse… C'en est désarmant !

— Oui, vas-y. C'était bien Lil ! Fais attention au contact que tu gardes avec le cheval. Tu as tendance à trop t'appuyer sur le mors.

Elle rougit à vue d'œil. Buvant ses paroles. C'était donc ça… Je suis une femme, je connais ce regard, ce sourire. J'ai vécu et vis encore l'inconfort de la situation. Paul est au centre de l'attention. Il fait partie de ces personnes naturellement attirantes, le charme opère sans même qu'il ne s'en rende compte. Elle le fixe du regard jusqu'à ce qu'elle passe à côté de lui et ne puisse plus maintenir ce lien. Lui se contente d'afficher un sourire des plus convaincants, croyant ainsi que je ne comprendrais pas ce qu'il se passe entre eux…

Je n'ai aucune envie de tenir la chandelle ce soir et j'hésite à déguerpir.

— Va poser tes affaires au même endroit qu'hier.

Il s'est exprimé de manière très exigeante. Ça m'étonne toujours de le voir si dominant.

— Ok.

Je le quitte précipitamment. Je pose mes chaussures et les prends à la main jusque là-haut. Les draps sont propres et le lit est refait, j'hésite à poser mes affaires dessus. Je vais dans la salle de bains poser mes serviettes et ma trousse de toilette puis j'aperçois une lumière à l'extérieur. Devant la grange, il y a la voiture de Lil, démarrée et feux allumés. Je ne la vois pas à l'intérieur. En revanche, je distingue des ombres, deux personnes qui s'approchent de la voiture. C'est eux ; il lui ouvre la portière et elle se pend à son cou, attrapant son chapeau à la volée. Elle s'approche délicatement, laissant volontairement son corps se languir contre lui, passant ses mains sur ses épaules. Soudain, Paul la plaque contre lui, violemment, puis l'embrasse langoureusement !

Leur petite scène dure, les secondes passées à voir leurs lèvres se mouvoir les unes contre les autres semblent interminables. Il la lâche aussi vite qu'il l'a prise. Elle remonte enfin dans sa voiture après lui avoir redonné un chaste baiser sur les lèvres… Quelle ironie après cette démonstration animale ! Une fois partie, Paul éteint la lumière dehors et ouvre la porte de chez lui. Je me reprends avant de descendre, ce que je viens de voir me laisse sans voix, terrée dans un silence inutile. À bientôt 19 ans, qu'aurais-je pu imaginer avec cet homme ? Qui plus est, avec un formateur de mon établissement ? Ridicule. Puéril.

Dans le salon, je le trouve là. Assis sur le canapé, son verre de vin dans la main, le mien posé sur la table… Il me regarde, me fixe même. Je ne dis rien et viens m'asseoir face à lui en buvant une gorgée de rosé. Je ferme les yeux et m'allonge délicatement sur le côté. Je revois leurs corps, l'un contre l'autre, je suis aussi gênée que si ça avait été moi. Quand je les rouvre, Paul remarque mon malaise. Silencieux, presque à l'aise, il me regarde toujours. Je prends le temps d'apprécier.

— Tu as vu ? demande-t-il, un demi-sourire aux lèvres.

— Vu quoi ? je réponds, innocente.

Il me regarde sans répondre. Son air me paraît plus affirmé que d'habitude.

— Si tu me demandes, c'est que tu le sais, non ?

Il ne dit rien mais ses yeux pétillent de malice. L'alcool et la fatigue y sont pour quelque chose selon moi. Son air calme et amusé me blesse. S'il savait ce que leur petite scène m'a procuré comme sensation…

— Ça ne me regarde absolument pas…

En vérité, j'enrage.

— Ce n'est pas vraiment ce que tu crois.

— Vous faisiez drôlement bien semblant en tout cas… je réponds un peu mesquine.

— Lil ne comprend pas, et je ne fais pas toujours ce qu'il faut pour limiter les dégâts… dit-il, lucide malgré tout.

Je ne sais pas quoi lui dire. Ai-je bien le droit de dire quoi que ce soit ?

— Je ne veux pas donner suite à ce semblant de relation…

Il paraît sincère. On dirait un enfant face à un problème. J'éclate de rire et il rit avec moi au bout de quelques instants ! On se connaît à peine et il me confie déjà les tourments de sa vie amoureuse. Que veut-il que je réponde à ça ? Oui, je suis heureuse que tu ne veuilles pas continuer avec elle, non pas par déontologie mais parce que je te préfère disponible ? Bien sûr que non…

— Et si on mangeait ? demandais-je.

— Bien sûr, qu'est-ce que tu veux ?

— Quelque chose de comestible, dis-je en souriant.

— Je vais voir ce que je peux faire ! Monte te doucher…

— Non, c'est à toi d'y aller, tu as eu une grosse journée. Laisse-moi faire Paul, dis-je d'un ton sans appel.

— Bon… Tu vas trouver ce qu'il te faut ?

— Je vais fouiller dans les placards…

Il sourit lorsque je lui répète, mot pour mot, ce qu'il m'a dit la première fois. Je me dirige vers l'évier pour me laver les mains et, je le sens s'approcher de moi. Je cesse immédiatement de respirer. Il s'appuie contre moi, m'enserrant comme un étau avec ses bras, tout en se lavant les mains l'air de rien. Je sens la chaleur de sa peau. Il place sa jambe entre les miennes, son torse compact m'oppresse… J'ai la tête qui tourne. Lorsque je relâche légèrement la pression, je sens son souffle dans mon cou ; il se rince les mains et s'écarte sans préavis. Je suis obligée de me tenir sur le rebord pour ne pas flancher.

— Alors à tout de suite… me dit-il, complètement indifférent.

Mon Dieu ! Même loin de lui je respire son odeur. J'ai du mal à reprendre une respiration régulière… Il est le premier à me faire cet effet.

J'ouvre le réfrigérateur à la recherche de quelque chose de rapide. Paul doit être affamé mais moi… Comment peut-il être si sexy et recouvrer son sérieux en quelques secondes ? Je trouve du cabillaud au congélateur mais il est trop tard pour le cuisiner. J'opte pour une omelette, je sors les œufs, les champignons que je trouve dans le frigo et les accompagnements que je mélange dans une poêle. Pendant la cuisson je mets la table en prenant soin de ne pas nous placer l'un à côté de l'autre. Je l'entends passer dans sa chambre sans s'y éterniser, et puis il descend ; je me retourne immédiatement pour laver la vaisselle sans avoir à l'observer, encore…

— C'est déjà prêt ? lance-t-il, surpris.

— Oui ! Fais comme chez toi…

Il rit, brièvement. En me retournant je me fige, le liquide vaisselle dans une main et l'éponge dans l'autre ! Il est torse nu ! Il a les cheveux encore humides, la peau bronzée de l'été ensoleillé que nous avons eu, ses épaules sont larges et épaisses, ses pectoraux sont gonflés, quelques poils se battent en duel sur son sternum et plus bas, autour de son nombril. À ma grande surprise, je remarque qu'il est tatoué… Sur la hanche à droite. C'est une flamme, noire. Je la reconnais car elle définit une faction : les audacieux. Ça ne m'étonne guère ! Quand enfin je relève les yeux vers lui, il m'étudie, il sait sans doute ce que je ressens à cet instant mais il ne laisse rien paraître.

— Ça va ? demande-t-il, recouvrant son sérieux.

— Oui… je chuchote. Je regardais simplement ton tatouage…

Mon honnêteté le surprend je crois. Je m'assois en face de lui.

— Je l'ai fait il y a 23 ans, une folie…

Nous mangeons silencieusement, je ne termine pas mon assiette tandis que Paul, lui, l'engloutit en quelques minutes.

— Tu as aimé ?

— Aimé quoi… ?

Il aime jouer avec les mots et maîtrise cette façon de communiquer.

— L'omelette, je réponds à bout de souffle.

— Beaucoup… répond-il, le regard baladeur sur mes modestes courbes.

Il ne sourit plus, ses yeux sont terriblement sombres. Accoudé sur l'îlot, les mains jointes sous son menton, il laisse s'installer un silence. La tension dans l'air est on ne peut plus palpable. Je rougis immédiatement, fuyant son regard un instant pour le chercher juste après. Paul observe ma bouche. Serein, presque indifférent, il ne me laisse aucun répit. Je cherche une issue de secours… La table, mais bien sûr !

— Je vais débarrasser…

— Non. Viens t'asseoir dans le canapé.

Il se lève, prend son verre et le mien avec. Je ne tiens plus, il faut que je me libère de son emprise… Je m'allonge sur le dos une fois sur le canapé, ferme les yeux et prie pour qu'il arrête cet inquisitoire.

— Quel âge as-tu, Marie ?

— 19 ans, bientôt…

— Tu es différente je trouve…

Il se redresse, pose son verre et cette fois-ci, me regarde avec des allusions presque audibles.

— Différente ? demandais-je cette fois tremblante.

Je me tourne sur le côté pour m'asseoir face à lui. L'envie de le toucher est terriblement frustrante à cet instant. J'ai relevé le dernier mot de sa phrase, bêtement, dans l'attente d'un signe de sa part. Le problème est qu'il ne veut plus répondre, il respire plus vite et ses yeux sont devenus fixes. Il lutte pour ne pas bouger et j'ai l'impression qu'il se jauge lui-même.

— Et très… intéressante…

Il se lève cette fois et vient s'agenouiller devant moi. Il pose mes mains de chaque côté de mes cuisses, sans me toucher, ses lèvres entre-ouvertes à quelques centimètres des miennes. Il hésite, ses yeux montrent le contraire de ce qu'il est en train de faire. Je pense la même chose, il faut qu'il retourne s'asseoir. Il faut que l'on oublie cet épisode. Pourtant, comme si mon corps ne m'obéissait plus, mes mains rampent sur ses biceps. Il se tend à mon contact puis me fait glisser vers lui, délicatement en plaçant ses mains sous mes genoux pour écarter mes jambes et les positionner de part et d'autre de son torse. Silencieux, il n'agit que par étapes, sans me regarder. Sa tête se pose sur mon ventre et je sens son souffle à travers mon tee-shirt… Il remonte délicatement la tête, passant de mon nombril à mon sternum, de mon sternum à ma clavicule puis il me lance un regard torride et vient embrasser la base de mon cou. Je rejette la tête en arrière lui donnant libre accès à mon corps, gémissant cette fois bruyamment. Il s'écarte à cet instant et me regarde frémir…

— Excuse-moi…

Ses mains jusque-là posées sur mes mollets remontent sur mes cuisses et s'y arrêtent définitivement. Je sais qu'il ne veut pas aller plus loin, je sens qu'il s'abstient. Même si je n'ai pas le droit que ça continue, j'espère malgré tout sentir son corps, ses mains, sa force, mais rien ne se passe. Je rouvre les yeux et me rapproche de sa bouche mais il me soulève brutalement du canapé pour me laisser glisser contre lui, me maintenant debout. Il ne veut pas. Il ne veut plus.

— On devrait aller se coucher… dit-il en se renfrognant.

Je respire son odeur. Il est ancré en moi en cet instant précis. J'attends quelque chose qui n'arrive pas, je passe mes mains sur ses bras, ses épaules, ses pectoraux… Je pose simultanément mes lèvres sur lui après chaque caresse. Je descends mes mains sur ses hanches et touche du bout des doigts sa ceinture. Je le fixe étonnamment sûre de moi, des milliers de questions remplissent mon esprit et je ne sais pas si je peux continuer ; Paul est redevenu froid, insensible et tendu. Il maîtrise parfaitement la situation, calme et déterminé il m'observe un brin provocateur, il sait pertinemment que mon âge et mon inexpérience me feront perdre l'assurance que j'imite maîtriser à la perfection. De toute façon, il me voit agir, il sent mon souffle effréné contre lui ; je ne le regarde pas. Je ne peux rien tenter puisque ses mains ont maintenant saisi les miennes, délicatement.

— Marie… Il ne se passera rien, dit-il en se persuadant lui-même. Nous avons trop bu et… la fatigue me fait dérailler. Excuse-moi.

Ma bouche se met à trembler et je sens mes yeux qui brillent d'émotion. Je crois que la fatigue et l'alcool m'ont rendu terriblement émotive. J'ai l'impression de revenir de loin, mon cerveau et mon cœur s'accordent mal. Je déteste ça et me reprends immédiatement.

— Bien sûr. Excuse-moi…

— Non ! Tu n'as pas à t'excuser. C'est moi… je… je n'aurai pas dû. Je t'en prie ne me juge pas, ne crois pas que j'ai profité de la situation ; j'ai agi sans réfléchir…

— Je vais aller me coucher Paul, c'est mieux je crois, dis-je en recouvrant mes esprits.

J'essuie les quelques larmes que j'ai tenté de refouler. Je prends mon verre sur la table et part le poser dans l'évier. C'est à ce même évier qu'il a basculé dans cette lente séduction. Même si ce n'était apparemment pas volontaire, j'y ai cru l'espace d'un instant. Je me retourne et je remarque qu'il m'attend en bas de l'escalier. J'éteins la lumière de la hotte puis le rejoins ; il me fait signe de passer devant et me suit jusqu'en haut. Une fois arrivée devant ma porte de chambre, je veux me rassurer.

— Paul, j'espère que rien ne changera entre nous, je veux dire par rapport à notre entente… ?

— Non, mais… je ne sais pas si c'est une bonne idée tout ça.

— Tout ça ?

— Que tu viennes à l'Ermitage, ici, avec moi…

— Tu crois que je n'ai pas compris c'est ça ? Tu peux me faire confiance, je n'aurai aucune attitude déplacée si c'est ce qui t'inquiète… je précise, malgré moi.

— Non ! Je sais que tu es quelqu'un de sérieux ; simplement cette ambiguïté… Ça n'est pas sain.

Je m'approche de lui. Je veux qu'il me dise qu'il ne veut plus me voir si telle est sa décision.

— Je veux revenir, dis-je en chuchotant. Je veux apprendre, avec toi. Mais si tu n'en as pas envie, je comprendrai. Je te demande simplement d'être honnête si tu ne veux plus que je vienne…

Je me rapproche encore jusqu'à effleurer sa bouche.

— Peut-être que l'on pourrait essayer de ne pas faire semblant. Si c'est de nous que tu as peur, mieux vaut être honnête tu ne penses pas ? je demande en chuchotant.

Je crois avoir touché un point sensible sur notre misérable situation. Il me regarde droit dans les yeux et ne dit rien. Tendrement, il abaisse ses lèvres à ma hauteur en passant ses mains dans mon dos. Je suis hésitante et approche les miennes jusqu'à ce qu'il prenne ma bouche avec ardeur. J'accroche mes doigts dans ses cheveux et gémis dans sa bouche ; sa langue se fraie un passage et je lui mords la lèvre. Il me repousse contre le mur et attrape ma jambe pour me soulever totalement, son bassin contre le mien. Je prends le temps de respirer et de l'observer, les mains sur sa nuque. Nos souffles s'emmêlent, nous ne sommes plus que deux corps affamés. En quelques secondes, il frotte son nez contre le mien et me laisse glisser pour que mes pieds regagnent le sol. Il recule immédiatement en levant les mains en signe d'innocence ; je suis pantelante et essoufflée. Deux fois dans la même soirée.

— À quoi tu joues, tu n'es pas censée être novice avec les mecs ?! me questionne-t-il soudainement en colère.

Je ne sais pas quoi répondre à cet affront ! Une rage me submerge et je préfère ne rien répondre, consciente d'avoir été plus que manipulée dans cette ridicule histoire ! Il laisse passer quelques secondes avant de se retourner totalement désemparé. Il paraît tellement torturé… Je mets fin au supplice et me retourne à mon tour, sans rien dire. Lorsque je pousse ma porte de chambre, il se décide à parler et claironne durement cette phrase que je n'oublierai jamais.

— Demain matin, j'aimerais que tu partes… Et ne reviens pas. Ne reviens pas de ton propre chef, dit-il froidement.

J'acquiesce en souriant tristement et ferme la porte. Je ne sais pas si j'ai envie de pleurer d'humiliation ou hurler de colère. Ce n'est pas moi qui aie engendré ça, je me suis laissée entraîner par cette vague de sensualité sans réfléchir. C'était peut-être plus que de l'attirance… Pour moi en tout cas. J'aime son attitude, les recoins de sa personne, je ne connais rien de lui et pourtant je me sens déjà dépendante, attachée à ce séducteur, involontairement. Mais qui es-tu ? Je vais prendre ma douche en repensant à tout ça. Sous ce flot déchaîné de chaleur enivrante, je me laisse aller ; des tas de questions affluent dans ma tête et une en particulier revient constamment me hanter : qu'est-ce que je fous ici ? J'apprécie l'eau chaude qui dégouline dans mes cheveux et le long de ma peau, et tout en me savonnant, je touche mes lèvres, délicatement, essayant de ressentir à nouveau la sensation que m'ont procurée les siennes.

Après m'être séché les cheveux, je ne prends pas la peine de m'habiller pour dormir comme la première fois. Je ne crains visiblement rien alors je me couche ainsi, épuisée par ma journée et par ces retournements de situations. Rien de tel pour moi, terriblement angoissée que de vivre des moments comme ça. Je mets mon réveil, tôt. Je ne veux pas le voir, je veux m'endormir et l'effacer de ma mémoire comme il vient de m'effacer de ses plans il y a dix minutes.

Le réveil m'extirpe d'un sommeil comateux. Il est 6 heures et le soleil pointe le bout de son nez. En me dirigeant vers la fenêtre, je l'ouvre et respire l'air frais qui s'engouffre dans la chambre, la nuit s'achève pour laisser place à l'aube. Les reflets orangés du ciel dansent sur le dos des chevaux que je vois sur la droite ; ils sont en petit troupeau, crinière au vent ils tournent le dos à la barrière et sortent eux aussi peu à peu de leur nuit. C'est étrange et à la fois curieux de découvrir leurs habitudes, ils ont leur rythme de vie comme nous l'avons-nous, ils communiquent comme nous le faisons, vivent au jour le jour dans la simplicité la plus totale et pourtant nous ne comprendrons jamais ce qu'ils comprennent. Oui, ça aurait pu être un matin magnifique si les évènements d'hier ne m'avaient pas ramenée à la réalité. Je jette un coup d'œil à mon portable, 3 messages… Encore ! Je déteste le portable, je sors du lot bien sûr puisque c'est devenu l'élément indispensable à la survie des jeunes, mais je ne supporte pas l'idée de dépendre de ce petit gadget. Je ferme la fenêtre, prends ma trousse de toilette et vais me maquiller et me coiffer dans la salle de bains. Pendant que je me brosse les dents je regarde l'écran qui affiche un nouveau message, ma mère certainement !

Les deux premiers sont bien sûrs ce que j'imaginais : maman ! Je réponds immédiatement pour éviter l'interrogatoire habituel. Je lui dis que j'ai travaillé mes dossiers de Bac et que je me suis endormie rapidement. De toute façon on se voit ce soir et il faut dire que mes récents évènements m'ont occupé l'esprit un sacré bout de temps. Le message d'après est de Zaza, je ne l'ai pas encore ouvert mais je suis ravie d'avoir de ses nouvelles. Je me rince la bouche et mets mon lisseur à chauffer ; je ne ressemble à rien avec mes cheveux en bataille ! Je commence à me maquiller mais un autre sms arrive encore. J'appuie sur la petite lettre qui s'affiche.

« Salut, il y a le salon de la traction animale le week-end prochain, tu es de permanence sur l'exploitation je crois ? Si oui, Paul le formateur de l'Ermitage cherche une fille pour monter avec lui sur le char. Il attelle en arbalète. On voit ça tout à l'heure si on se croise. »

Non ! Non… Il vient de m'expédier comme une lettre à la poste et il faudrait que je joue la marionnette comme si de rien n'était ? Il faut que je fasse en sorte de ne pas la rencontrer d'ici mes débuts de cours.

Le dernier message arrive en suivant, il est encore d'elle, elle me donne rendez-vous dans le hall du lycée à 8 h 15. Je ferme les yeux et respire intensément.

Je me dépêche car je ne veux surtout pas le croiser. Je m'attache finalement les cheveux et lisse les quelques mèches qui retombent ; ça ira bien ! Je range toutes mes affaires, ferme la fenêtre et refais le lit. J'ouvre discrètement la porte et sors sur la pointe des pieds, sa porte est fermée, ouf ! Je descends l'escalier qui grince horriblement, passe dans la cuisine et me dirige vers l'entrée.

— Tu comptais partir comme ça ?

Sa voix s'élève dans cette grande pièce, à la manière d'un orateur. Merde ! Je m'arrête, d'abord indécise puis me décide enfin à bouger. Je ne réponds rien et je continue sur ma lancée. Il se lève du canapé et en un rien de temps, il se place devant moi, contre la porte d'entrée. Je ne ressens rien si ce n'est de la colère, je ne le regarde qu'à moitié et constate qu'il s'est enfin décidé à s'habiller dignement, pour la situation…

— C'est complètement… con de se quitter comme ça, j'ai été brutal hier soir, excuse-moi… dit-il apparemment sincère.

— C'est maintenant que tu t'en rends compte ? répondis-je froidement.

— Mais qu'est-ce que tu imagines bon sang ?! Tu te rends compte de ce qui aurait pu arriver ?

— Mais arrête, Paul ! Arrête de me parler comme si j'étais attardée. Tu me répètes la même chose depuis hier et pourtant ça n'est pas moi qui me suis laissée aller, d'accord ?!

J'ai les nerfs à fleur de peau qui menacent de céder à tout moment. Il a connu celle qui craignait le regard des autres, mais ce qu'il ne sait pas c'est que cette fille-là ne craint rien quand elle est en colère.

— Marie, c'est vrai, tu as raison. Mais je n'ai pas eu l'impression que tu te refusais à moi et… Je ne suis pas comme ça, explique-t-il en se radoucissant légèrement.

— Qu'est-ce que tu t'imagines ? demandais-je les poings sur les hanches.

Je le regarde, horrifiée par ce qu'il pense de moi.

— Je me suis mal exprimé, mais…

Je mets mes chaussures sans lui laisser le temps de finir sa phrase, prends mon sac et lui demande de s'écarter d'un regard noir.

— Marie…

— Je ne veux rien savoir ! L'espace d'un instant tu m'as laissée rêveuse. Je me suis dit, quel homme, quelle expérience et j'avoue que j'ai pensé pouvoir apprendre quelque chose de toi ! C'était bien sûr ce que je voulais avant que je sache comme tu me considères aujourd'hui. Maintenant, écarte-toi !

Démuni face à mes propos, il daigne enfin me laisser passer. Soudain, le message de Zaza me revient en tête. Je me retourne avant de passer la porte.

— Au fait, on m'a proposé de t'accompagner sur le char pour le Salon. Je te laisse bien sûr t'occuper de ça parce qu'il n'en est pas question ! lâchais-je, furieuse.

Musique sur les oreilles, baskets lacées, je repars comme je suis venue.

CHAPITRE 5

Il est 7h30 quand j'arrive au lycée. Les filles sont au vestiaire, elles s'apprêtent à déjeuner. Je leur fais la bise et affiche bizarrement une mine radieuse : le sport sans doute ?! J'en fais régulièrement pour entretenir le peu de muscles qui restent apparents, qui daigneraient me valoriser un peu. Je me change devant mon casier pour aller en cours.

— Tu ne manges pas ? demande Garance.

— Non, je n'ai pas très faim ce matin, on se retrouve après, comme d'habitude ? dis-je affichant un faux sourire.

— Marie tu es sûre que ça va ? Tu t'absentes et tu es de plus en plus distante…

Garance s'inquiète, inutilement. Je l'adore, sa franchise et son air triste la rendent touchante. Je sais qu'elle s'attache facilement, pourrais-je le lui reprocher ?

— Ne pose pas de questions. Tout va bien, dis-je cette fois-ci honnête. Je lui pose un bisou sur la joue et souris fièrement. À tout à l'heure !

Je dois me rendre dans le hall sous peu de temps… Voilà qui va me donner à réfléchir. Devant l'incompréhension qu'affichait Paul, j'imagine qu'elle ne l'a pas tenu au courant. Il le sait maintenant, étant donné les circonstances il refusera et, depuis ce matin où il m'a pris pour une vulgaire mangeuse d'homme, je lui en serais reconnaissante.

Je pose mon sac de cours devant la salle et me laisse glisser contre le mur. Les stores ne sont pas encore levés puisque le bureau de la vie scolaire est fermé, j'en profite pour rester dans le noir et me reposer. Mes yeux se ferment petit à petit, de courts instants… Je croyais être seule avant que je ne les rouvre et découvre l'ensemble de la classe devant moi. Ils discutent entre eux, rigolent, insouciants. Quelle heure est-il ?! 8 h 20, oh non ! Je me lève à la hâte et demande aux filles de rentrer mon sac si Monsieur Salvadore, prof de français, arrive. Je cours en direction du hall et trouve Zaza en train de discuter avec René, son mari et accessoirement responsable de la filière équine du centre pour adultes… Responsable de Paul Hevenot également. Je n'ose pas les déranger et attends devant les panneaux d'affichage ; elle ne m'a pas encore vue car elle fixe la porte d'entrée et fait un signe de la main vers quelqu'un à l'extérieur. Son mari s'impatiente et Zaza balaye le hall des yeux jusqu'à me trouver. Je m'approche d'eux et les salue tour à tour. Elle me fait un bisou sur la joue, marque d'affection avec beaucoup de tendresse. Je serre la main de René que je ne connais pas comme elle et lui offre un sourire bienveillant.

— Bon, je vous laisse, je m'en vais ! De toute façon, voit avec Paul et puis on avisera avec lui après, ok ? déclare René à l'attention d'Elisabeth.

— D'accord, à ce soir !

Ils s'embrassent de manière très sobre et se quittent rapidement. René ouvre la porte du hall et Paul apparaît naturellement dans l'encadrement. Il ne manquait plus que lui ! Ils se serrent la main et sourient gaiement. C'est étrange comme il se présente tellement détendu, toujours abordable. Dans l'établissement il paraît courtois, ouvert… Alors que je ne connais personne de plus taciturne, de plus calculateur dans ses meilleurs moments. Ma mauvaise humeur revient instantanément !

— Salut Paul, tu vas bien ? demande Zaza en lui faisant la bise, une main sur son épaule.

— Super et toi ? répond-il sans même un regard pour moi.

— Ouais ! Bon, notre bouvier va nous concocter quelque chose de remarquable, j'espère ?

— Tu fais bien d'espérer parce qu'il n'y a rien de terminé ! C'est un bordel entre la direction et les réponses des intervenants qui n'arrivent pas, les stagiaires qui sont totalement cool alors qu'ils ont énormément de boulot encore... explique-t-il reportant toute son attention sur moi, comme si j'étais clairement un intrus dans la discussion.

Il feint le dépit et Zaza, amusée, reprend la parole.

— Paul ! On ne te ménage pas, hein ? En parlant de ça justement, voici Marie...

Il me tend la main en écoutant Zaza. Je lui sers fermement, d'une poigne qui laisse présager l'humeur dans laquelle je me trouve.

— Marie est en Terminale CGEH, elle faisait partie du groupe qui est venu te voir mercredi matin. Figure-toi qu'en plus d'avoir une personnalité en or, elle est aussi une passionnée de chevaux de traits ! lui dit-elle en me lançant un clin d'œil.

Je rougis devant autant d'éloges mais je bous de l'intérieur en l'observant. Cette situation est tellement ridicule que j'en rirais presque. Et lui... Peut-il être si menteur ? Il affiche un air intéressé quand Élisabeth lui explique la situation alors que quelques heures plus tôt il semblait très heureux de me voir déguerpir de chez lui. Je n'y comprends rien et je ne veux pas comprendre. Il veut prendre la parole mais je la lui coupe sans la moindre gêne, au grand étonnement de Zaza qui ne me connaît pas si intrusive.

— Zaza je vais devoir y aller, Monsieur Salvadore m'attend. Je ne pense pas que Monsieur Hevenot soit venu pour entendre parler de moi, dis-je d'une voix pleine d'assurance.

Je ne sais pas si elle comprend ce qu'il se passe mais en tout cas, lui oui. Aucune autre personne ne pourrait vivre ce moment plus froidement que nous deux. Paul me jauge du regard et n'affiche plus la moindre sympathie à mon égard. Nous sommes deux !

Terriblement gênée par ma manière d'écourter la discussion, Zaza s'empresse de mettre fin à la conversation.

— Je crois que tu cherchais quelqu'un pour monter avec toi sur le char ? demande-t-elle à l'attention de Paul.

— Oui, je n'ai toujours pas trouvé d'ailleurs... répond-il en reportant son attention vers moi.

Pourquoi est-ce qu'il ne la contredit pas ? Quel jeu joue-t-il ? Nous nous étions mis d'accord... Enfin surtout moi.

— Marie peut très bien t'accompagner si tu veux. Elle a l'habitude du milieu et elle est de permanence ce week-end-là ! s'empresse d'ajouter Élisabeth.

— Non, rien n'est obligatoire, vous savez. Peut-être qu'il serait préférable de choisir un de vos stagiaires ? dis-je en intervenant rapidement, faisant clairement allusion à Lil.

— Si j'avais dû choisir, je l'aurai fait, évidemment. Lil, mon meilleur élément, ne sera pas disponible... Malheureusement... répond-il en insistant sur ce dernier mot.

Il tente de rétablir le dialogue devant Élisabeth mais n'en pense pas moins.

— Allez, voyez ça entre vous et on en discutera ensemble et avec René pendant la réunion de mercredi soir, dit-elle catégorique.

— Zaza, je chante mercredi soir...

— Ne t'inquiète pas, la réunion est à 18 heures. Et je serai là, bien sûr !

Elle m'embrasse à nouveau et part à pied en direction de l'exploitation. Je me retourne sans même un regard pour lui et m'éloigne jusqu'à ce qu'il m'interpelle. Le hall est vide et désormais, je crains quelque peu sa réaction.

— Je n'ai pas choisi les bons mots ce matin mais c'est comme ça. Je n'ai pas 18 ans et je ne vois pas les choses de la même manière que toi. Je n'approuve pas ce genre de relation en temps normal et je ne veux surtout pas de ce genre de relation, encore moins avec une élève du lycée ! décrète-t-il tentant tant bien que mal de contenir sa colère.

— Ce n'est ni le moment, ni l'endroit pour parler de ça ! dis-je en jetant un coup d'œil aux alentours. Je n'attends rien de plus avec toi, vas-tu seulement le comprendre ? Ce n'est pas moi qui t'ai laissé imaginer quoi que ce soit et ce n'est pas moi non plus qui t'ai caressé et embrassé comme tu l'as fait ! m'enflammais-je.

— Je ne parlerai plus de ça avec toi, Marie. Contente-toi d'être à la réunion mercredi soir, ça suffira ; pour le reste... oublie cette erreur...

— J'aimerais dans ce cas être libérée, j'ai cours, tu te souviens ? ! demandé-je, méprisante.

— Bien sûr ! Sois présente pour le Salon, me répond-il catégorique.

— Ah oui ? Tu ne comptes pas refuser la proposition ?

— J'ai besoin de quelqu'un figure-toi, tu n'es plus intéressée ? demande-t-il en se positionnant loin de moi.

— Je ne compte pas t'accompagner ! dis-je maintenant hors de moi.

Il ne répond rien, repositionne ses documents dans ses mains et se retourne pour quitter le hall.

— Pourquoi ne pas demander à Lil ? Soyons honnêtes, tu ne lui as même pas proposé la place ! Après tout, certaines relations te sont acceptables. Alors tu vois, tes principes ! souriais-je.

Il me rend un sourire crispé, hypocrite, en secouant la tête. Je le fixe méchamment jusqu'à ce qu'il se tourne pour repartir. Je suis las. Épuisée par tant de colère et d'incompréhension. Je le vois s'éloigner et je suis au bord des larmes. Je ressens tellement de choses. Je ne me reconnais même plus dans ma façon de parler. Comment a-t-on pu en arriver à ce que la situation dégénère à ce point ? Nous étions presque une équipe, une équipe qui fonctionnait naturellement. Je me déteste. D'avoir eu ces pensées, de lui avoir accordé mon attention. J'ai peut-être accueilli ce contact sans penser aux conséquences. Je me suis avoué des choses inavouables. La blonde de l'accueil, que je n'affectionne pas particulièrement, m'observe dubitative. Je lui lance un regard noir l'incitant à se mêler de sa paperasse et me dirige d'un pas actif vers la salle 7.

Après avoir frappé, je rentre en m'excusant du retard et lève les yeux vers Monsieur Salvadore. Il m'accueille avec un sourire lumineux. C'est de ça dont j'ai besoin. De gentillesse, de compassion, et tout autre besoin ridicule que demandent les personnes faibles et inaccomplies, comme moi. J'ai de la chance de les avoir autour de moi. J'aime être ici, dans cet établissement. Quand on est interne on vit tous les jours ainsi ; il ne s'agit plus de dormir et d'apprendre, il devient notre refuge. On vit nos joies, nos peines de cœur, nos réussites, nos défaites, nos remises en questions et puis on devient une famille. On grandit grâce à cela. Si j'avais un jour eu l'envie et l'amour que je porte aux chevaux pour autre chose, j'aurai fait partie intégrante du corps enseignant. J'aurai eu la satisfaction d'être cultivée et d'enseigner la littérature. Monsieur Salvadore a toute ma gratitude et il l'utilise toujours à bon escient. C'est un être entier, parfois moqueur mais toujours bon. Je suis admirative de son expérience. Il a un don pour persuader et passionner ses élèves sans mettre de formes à son discours ; pas comme l'ont fait mes anciens professeurs, fidèles à leurs institutions. Il est naturel. Brut. Je suis absorbée par le cours depuis vingt minutes déjà et je me sens bien. Il nous demande d'imaginer une suite de l'œuvre de Fred Kassak : *Iceberg.* Ce livre décrit un homme vicieux et malsain, amoureux d'une femme dont le cœur est épris d'un autre. Jaloux, il met en scène un assassinat pour se débarrasser de son rival. L'extrait que Monsieur Salvadore nous a transmis s'arrête ici, sur une falaise où la voiture s'apprête à disparaître en contrebas. Trouver une suite à cet extrait, sans tricher et sans enjoliver la situation, deux pages qui collent au personnage et à ses réactions farfelues. Et moi, c'est écrire une suite imaginaire à une histoire irréelle qui m'offre l'apaisement.

Le cours se termine assez vite, hélas ! Je pense parfois à la fin de l'année, quand je partirai avec mon diplôme en main, que je ne vivrai plus ces moments à ces endroits si familiers, je sais que cela me manquera. On oublie parfois trop vite ces quelques années magiques qui feront de nous des êtres accomplis.

— Bien ! Vous finirez le travail pour lundi matin, je compte sur vous ! Bossez pendant le week-end, nous dit-il languissant.

Je ne compte faire que ça, si vous saviez… Je prends mes affaires et sors rapidement. Nous avons cours de zootechnie avec Madame Strauss et elle déteste les retardataires.

— Marie ? Je ne t'ai pas entendue en Français ? me demande Apolline.

Je ne peux rien lui cacher, rien. Pas même ma tête des mauvais jours. Pourtant, lui répondre est difficile. Ma gorge se noue, je suis mélancolique et mes yeux recommencent à briller. Elle comprend tout de suite, sans poser de questions, sans attendre d'explications. Elle passe son bras sous le mien et m'entraîne vers la prochaine salle de cours.

— Ne te fais pas de soucis… Le week-end arrive à grand pas, me rassure-t-elle.

Si seulement tu savais… Je m'assois à côté d'elle, au dernier rang de la classe. Pendant que l'on fait l'appel je me contente de répondre présente lorsque l'on appelle mon nom et laisse dériver mes pensées. Je crois que j'ai encore tout foiré… J'avais une chance incroyable de pouvoir faire quelque chose de vrai.

— Alors, est-ce que vous êtes en forme ? demande Madame Strauss, de bonne humeur.

Tout le monde répond de manière affirmative, à l'unisson. Je reconnais bien là ma classe de Terminale. C'est vrai que notre semaine Santé et Développement Durable a été profitable. On change pendant une semaine de secteur d'activité, on manipule, on pratique, on étudie, on pense l'avenir. On rencontre des professionnels, des personnes intarissables et intéressantes… J'ai rencontré Paul.

— Étant donné tout ce que l'on a pu voir cette semaine, que ce soit l'alimentation, les activités physiques, ou le professionnel avec les chevaux ; je vous ai préparé un petit contrôle de connaissances. On verra si votre attention s'est révélée à la hauteur de votre savoir, explique-t-elle en plaisantant.

Elle distribue les feuilles, table par table et nous demande d'y répondre rapidement.

— Je vous laisse une petite demi-heure, il n'y a pas de questions piège, il récapitule simplement ce qu'on a vu. Après ça je vous enverrai au CFPPA un par un, dans l'ordre alphabétique. Un petit cadeau du centre vous y attend…

Je relève subitement la tête. Est-ce que cette journée est faite pour me confronter à lui en permanence ? Formidable. Rien d'autre ne me vient à l'esprit. Le test débute et effectivement, les questions ne nous demandent aucune réflexion particulière. Quand bien même, il suffirait simplement de rabâcher tous les discours qu'il nous a vendus jusqu'ici. Quinze minutes m'ont suffi pour terminer. Je me lève et dépose ma copie sur le bureau de Madame Strauss. Elle me fait signe d'y aller finalement, les autres étant encore occupés. Jetant un coup d'œil vers Apolline qui m'observe discrètement, je sors en fermant la porte derrière moi. C'est en prenant sur moi et avec un courage mesuré, que je me dirige, à reculons, vers le CFPPA. Je traverse le parking du lycée, remarque que sa voiture est garée le long du trottoir, et rentre à l'intérieur. J'ai l'impression d'être en terre ennemie… Je ne sais pas où aller alors j'attends dans la seule salle informatique ouverte, sur la gauche. Bien sûr il est là, assis face à l'ordinateur, plongé dans ce qui ressemble être un article sur les techniques innovantes de menage bovin. Mais enfin n'a-t-il jamais cours ? Je l'interpelle sans discrétion.

— C'est Madame Strauss qui m'envoie. Il paraît que nous avons quelque chose à récupérer.

Je parle le plus calmement possible respectant l'endroit où je me trouve. Il ne répond rien et se tourne lentement vers moi. Debout, il part chercher un carton en bout de table. Après l'avoir ouvert, il en sort une feuille.

— Quelle taille ? demande-t-il, nonchalant.

— M, répondis-je de la même manière.

Il me tend une doudoune noire sans manches. Il y a dans le dos du vêtement une tête de Percheron dans un collier de débardage, en couleur rouge. Une magnifique broderie couleur or se dessine et il y est inscrit « Élevage de l'Ermitage ». Elle est vraiment belle, élégante pour une femme. Je le remercie, sans le regarder. Je me tourne pour quitter la pièce lorsqu'il m'interpelle aussitôt.

— Essaie-la ! exige-t-il.

J'hésite puis, pour ne pas envenimer les choses, passe la doudoune et me retourne pour qu'il constate de lui-même en soulevant les bras en croix.

— Il y en a une autre. Celle-ci est pour le week-end prochain, celle que je te donne est pour votre semaine passée… Essaie-la aussi ! me dit-il toujours sans appel.

Je ne préfère rien répondre et me renfrogne. Il sourit vulgairement.

— Personnalité exceptionnelle disait-elle… ?

Il laisse échapper ces quelques mots tout droits sortis de la bouche de Zaza quelques heures plus tôt. Mon sourire s'élargit, mauvais, devant telle provocation.

— Quelqu'un d'ingénieux et d'intéressant disait Madame Strauss… ? je répète, sans gentillesse.

Il me fixe. Soudain moins amusé. Je suis exaspérée, il change trop souvent d'humeur pour que je n'arrive à le suivre. Mais je crois ne plus en être à ce stade avec lui, il est l'heure que j'y aille maintenant.

— Merci, bonne journée, dis-je recouvrant mon sérieux.

— Oublions, d'accord ?

— Oublier ? demandai-je incrédule.

— Disons, nos désaccords… reprit-il, calmement, sans animosité.

— Oublier est une issue. Nos désaccords comme tu dis, ne disparaîtront pas. Il est facile, à vrai dire, de vouloir oublier !

Et nous voilà repartis sur ce dangereux champ de mine, encore une fois.

— Mieux vaut ne pas ressasser, s'il te plaît !

Il pose les deux mains sur la table en baissant la tête. Je souris de désarroi cette fois, de tristesse peut-être même quant à ses sentiments refoulés.

— Je prends mes distances justement. Comme je ne sais pas mentir comme tu le fais, je préfère m'éloigner. Je ne sais pas jouer l'indifférence… susurrais-je cette fois.

— Arrête, d'accord ? Tu n'as pas conscience de certaines choses, c'est tout. Pour toi, il est très facile d'accuser certaines émotions, tu es jeune et tu ne considères pas vraiment les choses comme je dois le faire. Prends tes affaires, m'ordonne-t-il en m'indiquant la sortie.

Je prends celle qu'il me tend et m'éloigne en direction de la sortie. Mais rongée par mon intarissable répartie, je me retourne une dernière fois.

— C'est aussi dur pour moi que ça l'est pour toi, dis-je d'un ton plein de reproches.

— Je te demande de ne pas ébruiter cette histoire, continue-t-il comme si je n'avais rien dit.

Je secoue la tête et lorsque je la relève, je suis résignée. Sûre, cette fois, de n'avoir que des remords, pas de regrets.

— Je m'incline devant tant de considération. Sois sans crainte, Paul.

Je pousse la porte d'entrée et traverse le parking à la hâte. J'ai besoin de respirer. Il faut que j'aille courir. Quand j'arrive dans la classe, tout le monde est ravi. On m'accueille en fanfare. Je ne comprends rien, l'espace d'un instant je suis grisée par toutes ces émotions et une soudaine envie de casser tout ce qui m'entoure me submerge !

— Qu'est-ce qu'il se passe ici ? demandé-je.

— Marie ! On n'a pas cours cette après-midi ! Zaza ne peut pas nous prendre ! m'explique Cloé, excitée.

— Mais, pourquoi ? Je l'ai vue ce matin et elle ne m'a rien dit... ? dis-je tout en me rasseyant.

— Apparemment ils ont décidé d'avancer une réunion pour le STA ! C'est génial, non ?! s'extasie-t-elle.

Au secours, vivement le week-end ! Madame Strauss nous autorise à faire ce que l'on veut jusqu'à la fin de l'heure. J'ouvre mon livre d'économie et me plonge à contrecœur dans une lecture approfondie de la gestion financière d'une entreprise. Les autres partent, chacun leur tour, chercher leurs vestes. Ils ont tous voulu voir la mienne, ou devrais-je dire les miennes. Seule Marion s'est empressée de savoir pourquoi deux. Je lui ai expliqué que je l'avais payée en plus, pour mon plaisir. Je ne suis pas sûre de l'avoir convaincue mais elle sait pertinemment qu'il ne sert à rien d'attendre d'autres explications. Je n'arrive pas à m'intéresser au bilan comptable que j'étudie ; il est clair que je préférerais étudier ma vie, en cet instant.

— Tu vas te décider ou pas... ?

Tout en jetant de bref coup d'œil sur son portable, Apolline entame la conversation.

— Me décider à quoi ? demandé-je l'air de rien.

— À m'expliquer pourquoi tu te mets dans cet état ? demande-t-elle les yeux grands ouverts.

— Je suis fatiguée, c'est tout.

— Tu passes deux nuits chez ce formateur, tu reviens triste et énervée, à part ça tu es juste fatiguée ? Il est arrivé quelque chose ! s'exprime-t-elle inquiète en posant son portable sur la table.

— Mais que veux-tu qu'il soit arrivé ?! Il est respectueux. Et arrête de parler aussi fort... Personne n'a besoin de savoir que j'ai dormi chez lui ! répondis-je irritée.

— Puisque tu n'as rien à cacher… je ne vois pas le problème !

— Apolline ! C'est de l'inconscience ou de la provocation ? Tu n'en parles pas, un point c'est tout, dis-je catégorique, ne me reconnaissant pas dans cette colère.

— Pour qui est-ce que tu me prends ! Bien sûr que je ne dirai rien.

Elle laisse passer quelques secondes de cet échange plus que houleux et reprend de plus belle.

— Et là ? L'état dans lequel tu es après l'avoir vu au centre, ça n'a rien à voir avec lui peut-être ?

Je ne réponds rien. Aucune envie de m'expliquer ; ou du moins, aucune envie d'expliquer à quelqu'un ce que je ressens. Il serait magnifique que l'on puisse sonder l'esprit des gens ; on aurait souvent plus de réponses que de questions.

— Il n'y a pas que le débardage entre vous, pas vrai ?

— Arrête avec tes questions ! Il n'y a rien entre nous, point !

Pour la seule fois depuis que je fais référence à lui avec quelqu'un d'autre, je suis honnête. Il n'y a strictement rien. Rien n'est plus sûr.

On nous autorise à sortir et, lorsque Maïa ouvre la porte, Zaza apparaît, essoufflée. Elle entre et fait signe aux autres d'y aller pendant qu'elle me retient par le bras. Elle fait la bise à Madame Strauss et parle d'un barbecue organisé chez Monsieur Salvadore et sa femme, ma prof d'anglais, quelques jours plus tôt. Zaza finit la conversation puis reporte son attention sur moi.

— Enfin, on fera ça chez René et moi la prochaine fois ! dit-elle en souriant en réponse à Madame Strauss. Alors toi, je voulais te voir ! me dit-elle.

J'imagine déjà ce qu'il va se produire…

— À propos de la réunion je suppose ?

— Tu es déjà au courant ? demande-t-elle en écarquillant les yeux.

— Avec Cloé, comment faire autrement ? dis-je un brin moqueuse.

— Tu seras là ?

Je suis tentée de dire que je ne peux pas mais je n'ai pas le droit de faire ça. Zaza veut faire les choses bien et puis, même si c'est avec Paul que je vais me retrouver, je vais enfin participer à quelque chose qui me plaît. Alors, tâchons d'en tirer des avantages !

— À quelle heure je dois y être ?

— Après manger, vers deux heures devant la salle de réunion ? m'explique-t-elle.

— D'accord, j'y serai !

J'essaie de montrer de l'intérêt à tout ça mais je suis tellement confuse. Je n'arrive même plus à travailler. Élisabeth explique à Madame Strauss quel rôle je vais jouer auprès de Paul et contre toute attente, Zaza s'émerveille de ma présence à l'évènement.

— C'est super, Marie ! Tu verras, c'est quelqu'un de très compétent et puis très gentil. Vous vous êtes bien trouvés finalement ! s'enquit-elle de préciser.

Madame Strauss m'offre un grand sourire après en avoir terminé. Je repense à ses mots… Très compétent ? Oui, dans bien des domaines, et pas toujours ceux pour lequel on lui doit son succès. Gentil, tant que l'on ne se heurte pas à son intimité…

— J'y vais Zaza, les filles m'attendent. Il y a quelque chose en particulier que je dois savoir pour la réunion ? m'inquiétais-je soudain consciente qu'il y aura toute l'équipe éducative, y compris notre directeur d'établissement.

— Non, ce sera seulement des discussions sur l'organisation du week-end !

Je souris faiblement et lui dépose un bisou sur la joue, comme elle tout à l'heure. Je crois qu'elle perçoit quelque chose à travers mon regard mais n'en dis rien. Je prends rapidement congé et sors. Apolline, Marion et Garance m'attendent devant. J'attends d'être à table pour leur expliquer la raison de cet entretien individuel.

— Je suis de permanence ce week-end et il y a le Salon de la Traction qui se déroule au lycée. Le formateur, Paul, que l'on a vu mercredi va proposer une démonstration d'attelage avec 3 chevaux. Zaza a proposé que je l'accompagne, c'est tout…

J'espère m'être montrée détachée et monotone, je ne veux pas éveiller de soupçons. De toute façon, il n'y a pas à en avoir. Le problème dans un lycée, avec des commères de copines, c'est qu'un grain de sel peut très vite devenir une montagne d'ennuis !

— C'est cool ! Dis donc, tu en passes du temps avec lui… ? C'est ton style en plus : la quarantaine, mystérieux, nomade… Non ? énumère Garance, coquine.

Malgré les circonstances, je sais parfaitement faire diversion. Elle est hilare.

— Garance ! Que dire ? Tu regardes trop la télé ! dis-je en riant.

Apolline, elle, se fait discrète. Elle n'apprécie pas tellement Marion et en plus, elle sait plus ou moins ce qu'il se trame avec Paul.

— Il est sexy ! continue-t-elle.

— Obsédée ! souriais-je.

— Et… il est toujours aussi musclé ? Je veux dire, quand il travaille… Les mercredis, par exemple ?

— Je suppose que tu fais allusion à ma présence sur le chantier, avant-hier ? je précise, connaissant la réponse.

— Exactement ! Alors… ? jubile-t-elle.

— Alors, je ne sais pas ! Figure-toi que quand je vous ai dit que j'allais faire du débardage, c'est parce que j'allais faire du débardage. Je n'allais pas draguer le formateur ! dis-je ironique.

— Draguer, non ! Regarder… Ce n'est pas interdit ! s'exclame-t-elle.

— Non, mais je ne l'ai pas fait ! Bon, changeons de sujet ! Qu'est-ce que vous faites ce week-end ? demandais-je volontairement.

— Moi, je monte ma jument et après je passe voir Quentin ! On va au cinéma samedi soir, raconte Garance, amoureuse.

— Et toi, Marion ?

Je me heurte à un rocher et n'obtiens aucune réponse à ma question. Seul son regard me fait comprendre qu'elle n'a pas apprécié ma manière de lui répondre tout à l'heure. Peu importe !

— Bon… Et toi, Popi ? demandais-je à Apolline.

— Monter à cheval et déprimer… Comme d'hab' ! souffle-t-elle, dépitée.

Apolline monte ses chevaux en concours complet d'équitation depuis de nombreuses années. Son père est un passionné de Haute École, qui a su très jeune initier ses filles au prestige et à l'élégance de la monte d'un parfait écuyer, reflétant toujours les valeurs du Cadre Noir de Saumur. Il représente à lui seul l'excellence d'un homme humble ; il a tout appris à ses filles. Sa mère est une ancienne monitrice d'équitation, elle aussi baignée dans cet univers. Ils ont fait d'Apolline, au caractère timide et inquiet, une incroyable personne ! Je sais pourtant que sa rigueur dans l'équitation l'oblige à ne penser qu'à ça, qu'elle souffre de ça, et je m'en veux parfois de ne pas pouvoir lui apporter autant de possibilités d'évasion qu'elle le mérite !

— Profite de ta dépression pour bosser tes dossiers, ce week-end ! dis-je en plaisantant.

— Bonne idée ! dit-elle, un léger sourire aux lèvres.

Je mange un peu de bœuf bourguignon et laisse le reste, dépourvue d'appétit. Je jette un bref coup d'œil sur les tables du fond, où sont habituellement placés les enseignants, mais ne l'aperçoit pas. En me tournant sur le côté, je cherche des yeux sa voiture à travers les vitres du self sans rien apercevoir. Parmi tous les sentiments qui occupent mon esprit depuis la dernière fois que l'on s'est vu, l'impression de vide est une sensation que je nourris quand il n'est plus dans les alentours. Je jette un coup d'œil sur ma montre : 13 h 30. Il faut que j'aille faire des recherches supplémentaires sur une partie de mon dossier et mon esprit se tiendra plus tranquille une fois occupé.

— Je vous laisse ? Il faut que j'aille en salle info pour bosser l'économie. Après j'ai la réunion mais, on se revoit quand elle est finie ? proposais-je.

— Nous, on sera parties ! lance Marion.

Garance et elle habite à quelques minutes l'une de l'autre et elles rentrent ensemble chaque semaine. Loin de ce lycée, dans la région Poitou-Charentes.

— On se reverra lundi alors ! Popi tu viens ? demandé-je à l'attention d'Apolline.

Elle se lève avec moi, nous faisons la bise à chacune d'elles et partons ensuite déposer nos plateaux. Apolline et moi nous quittons dans le hall d'entrée, pour un week-end et je pars ensuite prendre mes dispositions pour travailler.

Je me trouve devant la porte d'entrée de la salle informatique et hésite un moment. La dernière fois il m'a rejointe ici… Je rentre malgré tout, reste à l'ordinateur une vingtaine de minutes mais il ne vient pas. N'arrivant pas à me concentrer davantage, je me décide à ramasser mes livres disposés devant moi pour tout rassembler. Un œil sur mon portable et je vois l'heure de rendez-vous pour la réunion approcher. L'anse de mon sac de cours sur l'épaule, vient le moment de monter à l'étage, je ressens le besoin de respirer, calmement. Ma respiration s'accélère à chaque marche franchie. Un bloc-notes à la main, j'arrive enfin en haut de l'escalier et je rentre en observant l'ensemble de la salle. Mon regard erre peu de temps avant de savoir qu'il est là… Une vague de sentiments contradictoires me submerge et je me sens fébrile. Le vérin de la porte fait du bruit en se refermant et les trois personnes déjà présentes dans la pièce se tournent vers moi. Lui ne s'attarde pas à m'observer, par contre Élisabeth oui. Je ne connais pas l'homme qui est assis en face d'elle. Les tables sont disposées de manière que tout le monde puisse se voir et regarder le tableau où seront projetées les diapositives. Zaza me fait signe de venir m'asseoir à côté d'eux et bien sûr, près de Paul. Il est en grande conversation avec l'homme assis devant lui. Il ne me remarque pas, ou du moins, il préfère ne pas me remarquer lorsque je m'approche de la chaise.

— Qu'est-ce que tu vas nous chanter ma Marie, mercredi soir ? demande Zaza en se tournant vers moi.

— Avec Émeline et les autres on a pensé vous préparer un répertoire sur le thème « Autour du monde ». Je ne peux pas t'en dire plus, dis-je déjà comblée par nos récentes répétitions.

Elle me sourit et coupe court à la conversation lorsque le directeur et l'équipe du CFPPA arrivent. Ils se saluent tous et chacun gagne sa place. On me serre la main en me portant une attention particulière ; je me sens assez exposée en cet instant précis, ils doivent se demander ce qu'une élève du lycée fait ici. Lui est parfaitement détendu. Sa présence me trouble plus que celle des autres. Quelques minutes s'écoulent avant qu'ils ne débutent la réunion en introduisant le Salon de la Traction comme le moyen d'améliorer et de développer le secteur d'activité que propose la formation. Paul écoute et prend parfois quelques notes. Je l'observe du coin de l'œil depuis le début et j'essaie de me montrer la plus indifférente possible. Il n'a pas daigné relever la tête vers moi depuis mon arrivée. Mon semblant d'assurance dégringole assez rapidement lorsqu'il s'adosse sur sa chaise et regarde dans ma direction avec assurance. Je tourne rapidement la tête quand je constate qu'il m'observe des pieds à la tête ! Je porte une robe droite avec des collants résille qui dévoilent par endroits ma peau nacrée par le soleil. Je me crispe et serre les cuisses instinctivement. Je pense que ma tendance à la nervosité ne lui a pas échappé et je pense même qu'il s'en amuse vulgairement ! Il laisse retomber ses bras, jusque-là croisés sur son ventre, et pose les mains de part et d'autre de ses jambes. Ses doigts effleurent les miens involontairement grâce à la proximité de nos chaises… je les retire dans la seconde. Il s'accoude alors sur le bord de la table, tourne la tête vers le tableau de présentation comme si de rien n'était. Je serre les dents et le regarde, méchamment. Je suis bien sûr débile de penser qu'il ne maîtrise pas les petits jeux de la sorte, intimider les gens est ce qu'il sait faire de mieux ! Je ne me laisse pas impressionner pour autant et décide de mettre en place une stratégie machiavélique. Puisque tu penses être le plus fort à ce jeu-là, jouons, pensais-je.

René, le mari de Zaza, prend la parole et tout le monde se tourne vers lui, au centre de l'estrade. Je vérifie que personne ne regarde dans ma direction et décale ma main de manière que mes doigts puissent toucher son jean. Il évite immédiatement ce geste. Je réitère mon geste en posant ma main sur sa cuisse, juste au bord de son muscle qui se dessine ; il ne bouge plus. Je déplace délicatement ma main pour remonter plus haut mais il pose fermement sa main sur la mienne m'empêchant de bouger. Il est pris au piège et c'est plaisant à voir ! Heureusement que les tables ont un panneau qui en cache le dessous. Il enlève brutalement ma main et la pose sur mes cuisses, c'est à son tour d'effleurer ma peau du bout des doigts. Il me regarde durement du coin de l'œil et reporte son attention sur René, qui lui donne la parole.

Il s'exprimera quinze bonnes minutes sur l'organisation, les emplacements des participants et des sponsors, les représentations prévues et le nombre de bénévoles dont il aura besoin. Il reste très professionnel et je remarque que lorsqu'il parle, tout le monde l'écoute ; pas seulement comme on écouterait d'une oreille, non, il les captive, tout en restant simple, calme. Il fait preuve de persuasion. De charisme. J'admire toujours, d'une certaine façon, les gens qui ont le pouvoir de captiver les autres sans le savoir, sans le voir. Ceux qui par leur simple appareil, deviennent des meneurs. Et puis, contre toute attente, il me nomme en fin de discours.

— Marie est une élève de Terminale CGEH. Elle est de permanence ce week-end-là et elle participera, avec moi, à l'organisation du Salon, explique-t-il en me regardant.

Il a terminé sur cette phrase, nous associant pour la première fois sans animosité. Enfin se terminent les échanges de professionnels à professionnels et on nous autorise à quitter la salle. Il est 15 h 20 sur ma montre et je me demande finalement à quoi tout cela m'était indispensable. Tout ce qui a été dit ici ne me sera que répété avant l'évènement. Je descends les escaliers après avoir dit au revoir à Zaza en vitesse et me dirige vers les vestiaires pour récupérer ma valise. Paul m'a suivi sans que je ne le remarque et m'interpelle devant les marches qui descendent aux casiers où mes valises m'attendent.

— Tu peux me dire ce que tu cherches ? Me faire renvoyer ? rage-t-il.

— Je ne fais que reproduire tes agissements ! Tu crois que je ne vois rien ? Tu crois que tu peux jouer avec moi quand tu es d'humeur à cela ?! dis-je sur le même ton.

— Faire quoi, putain ? Arrête tes conneries ! me dit-il, contenant sa colère, prenant sans doute conscience de l'endroit où nous sommes.

Il m'observe désormais, les veines du cou apparentes, les mains sur les hanches et le regard encore plus sombre que d'habitude.

— Ça t'arrange n'est-ce pas ? Te donner bonne conscience ? Tu aurais dû faire du théâtre je pense ! dis-je, vraiment moqueuse.

— Tu ne te rends même plus compte de ce qu'il se fait ou non. Je t'ai donné trop d'importance finalement. Tiens…

Il me tend une feuille avec des horaires et des plans numérotés.

— C'est la feuille qu'il faudra que tu aies toujours avec toi. Dessus il y a les noms des participants, leur emplacement, et les horaires de chaque passage. Ce sera ton job, tâche de le faire correctement ! me dicte-t-il, très autoritaire.

On se jauge mutuellement, adossée contre le mur, je me demande soudain où est passée la personne que j'ai rencontrée il y a peu. Je souhaite parfois retrouver l'homme prévenant que j'ai découvert. Je regarde à nouveau ma montre et m'impatiente, nos échanges n'étant jamais constructifs ! Une fois n'est pas coutume, je décide d'être tout à fait honnête avec lui pour en finir une fois pour toutes… à mes risques et périls !

— Tu me plais. Voilà, c'est tout… Tu en fais ce que tu veux ! dis-je les mains en l'air en signe d'abandon.

— Tu n'as pas le droit de dire ça, ok ? !

Il ferme les yeux, les traits du visage et les lèvres crispés, les muscles bandés… Il me fait peur mais malgré tout, quelque chose me sécurise quand je suis près de lui. Je me sens vulnérable mais jamais en danger. Avec lui, la peur d'une nature violente disparaît uniquement en scrutant son regard. J'ai envie d'enlever la distance qui nous sépare et je m'approche jusqu'à lui effleurer le torse du bout des doigts. Sa réaction est presque immédiate quand il me repousse brutalement contre le mur, ses bras de chaque côté de ma tête, son visage à quelques centimètres du mien. Je n'ose plus bouger, ayant sans doute minimisé ma façon de le cerner. Après tout je ne sais pas jusqu'où il est capable d'aller. Je murmure son nom, les larmes prêtent à jaillir, partagées entre la peur et le besoin. Sans plus attendre, je me retrouve écrasée contre lui, ses bras me maintenant en étau par la taille et mes jambes effleurant le sol de la pointe des pieds. Il m'embrasse férocement, exigeant de moi une part de mon être la plus sauvage. C'est en cet instant que je me rends compte de sa force, mes hanches sont broyées entre ses doigts et je peux presque compter ses côtes contre moi, saillantes sur les miennes. La tension dans ses bras se relâche petit à petit et il me laisse me mouvoir légèrement, je goûte ses lèvres tendres et humides, son odeur, j'ai le cou en feu à cause de sa barbe qui me griffe… Je l'enferme entre mes jambes lorsqu'il me soulève et gémit contre sa bouche. J'en oublie l'endroit où nous nous trouvons, transpirante et tremblante. Il me maintient fermement la mâchoire d'une main et de l'autre maintient mes fesses. Après des secondes qui me paraissent une éternité, il se détache enfin de ma bouche et me regarde, fiévreux. Je déboutonne les premiers boutons de sa chemise, je suis capable de tout, ici et maintenant ; je l'embrasse à nouveau et lui mords la lèvre en tirant dessus. Il me repousse contre le mur mais cette fois pour m'obliger à reprendre mes esprits et desserrer les jambes autour de lui. Il m'observe une dernière fois et me laisse ainsi, pantelante, le regard soudain lointain. Il disparaît d'un pas rapide vers le hall, je le suis du regard jusqu'à ce qu'il ne soit plus à ma portée. J'ai su, à cet instant précis où la chaleur qu'il me procurait a disparu, que j'allais souffrir d'un manque. Je reprends difficilement mes esprits avant de partir pour rejoindre la voiture de ma mère. À mon arrivée, elle me scrute d'un œil curieux puis m'embrasse. Je range ma valise dans le coffre. Sur le départ, nous parlons de tout et de rien.

— Alors ? Ça a été ta semaine ? demande ma mère enthousiaste.

— C'était top ! On est allé voir des débardeurs professionnels, on a participé au nettoyage d'une réserve naturelle… Et puis on a rencontré le formateur en traction animale du lycée, il nous a fait mener un peu…

Me voilà partie depuis quelques minutes et je parle déjà de lui. Bon sang !

— Tant mieux ! Vous avez eu beau temps en plus ! Vous y êtes allés avec Élisabeth ?

— Non, avec Madame Strauss, ma prof de zootechnie. Django va bien ?

— En pleine forme, on lui a remis de l'eau mercredi avec papa !

Django est mon cheval depuis deux ans, il est arrivé à la maison à l'âge de 6 mois. Il occupe la totalité de mon temps, du moins mon temps présent à la maison, et m'apporte toute la satisfaction du monde. Je travaille à pied en attendant son débourrage ; c'est évidemment un être parfait. Je vais changer d'air et je ne demande rien d'autre, pour l'instant. Pendant le trajet on parle de mes cours, mes dossiers qui avancent relativement bien, l'internat et tout ce qu'une mère a besoin de savoir sur sa fille pour être rassurée. Au bout d'une heure, on arrive à la maison, enfin ! Je descends mes affaires devant la porte, change mes chaussures et prends mon vélo dans la foulée.

— Tu vas déjà voir Django ?! s'écrie ma mère.

— Oui ! Je reviens dans dix minutes ! m'écriai-je en m'éloignant.

Je navigue à vélo sur les chemins bordés de forêt et entourés de grandes vallées où pâturent vaches et moutons. Quel cadre idyllique pour une vie pure et simple. J'ouvre la barrière de mon pré et débranche la clôture électrique qui me sépare de lui. Il arrive au grand galop et hennit furieusement ! Cet accueil… Je me sens choyée, adorée même par ce petit être corpulent. Je lui offre une caresse tendre sur le chanfrein puis l'enlace autour de l'encolure ; il n'a pas encore son poil de saison, il est propre de cette dernière douche d'été et sent l'herbe fraîche. Après une vérification méticuleuse des clôtures, de son abreuvoir et de l'état de la parcelle, je m'assois au milieu de l'herbe en attendant que Django vienne souffler dans mes cheveux. Il m'observe œuvrer alors je m'allonge, observant le ciel clair, divisé par des nuages légers et mobiles… Je repense à Paul, de manière furtive mais intense. Je sens enfin arriver des naseaux contre mon bras, intrigué Django me regarde avec ses grands yeux sombres ; il joue timidement avec ma veste du bout de sa lèvre. Je me relève et attrape son membre antérieur pour le coucher, il est joueur et refuse de se soumettre. Délicatement je pose ma main sur son front et le laisse descendre à genoux ; une fois posés à terre, je pousse son épaule et il s'étale sur le flanc. Il ronfle légèrement et se détend peu à peu, tout comme moi ; j'attends qu'il prenne confiance avant de m'allonger sur lui, restant ainsi pendant un temps qui me paraît infini. C'est comme ça que je vis chaque instant de ma vie, intensément. Mon souffle prend le rythme du sien, mon cœur aussi, je ne pense à rien d'autre. En parfaite harmonie.

Pendant le repas du soir, je raconte comme chaque semaine ce que j'ai fait au lycée à mes parents ; je lance parfois quelques blagues, l'air de rien et affiche une mine étonnamment radieuse. Mon frère me taquine, mon père aussi ; je feins d'être offusquée. Nous sommes unis tous les quatre, finalement rien n'est plus important. Je finis mon assiette et, pendant qu'ils se lancent dans une discussion animée concernant le marché du travail, je fixe mon écran de téléphone espérant voir apparaître un message… Mais un message pour quoi ? Des excuses ? Je ne suis pas certaine que ce soit son genre. Un aveu ? Je pense en attendre beaucoup ! J'arrive à m'extraire de la salle à manger pour monter dans ma chambre sans me faire remarquer ; l'ordinateur allumé je me concentre sur mes mails. Je réponds à deux de mes correspondants à l'étranger puis feuillette un magazine traditionnel sur les chevaux de trait. Dans un ancien numéro, un article avait été initié par Paul, toute l'équipe l'avait félicitée pour le travail qu'il avait fourni sur un chantier avec ses stagiaires ; des photos de lui, prises dans l'action, tout était mis en œuvre pour offrir un aperçu remarquable du métier. Un courage s'empare subitement de moi et je décide de lui envoyer le seul message qui ne me paraisse plus vraiment inconvenant.

« Ne prétends plus être opposé à ce qu'il se passe, pas après t'être comporté encore une fois comme ça… »

Je reste quelques secondes à observer mon clavier, hésite à tout supprimer puis dans un excès de confiance, l'envoi. Je n'attends pas sa réponse, je la crains sans doute ; des serviettes sous le bras, je pars me doucher. Il est 21 h 30 quand je sors de la salle de bains, j'enfile ma nuisette, souhaite une bonne nuit à mes parents et me couche enfin. Épuisée je ne tarde pas à somnoler, je voulais lire mais peu importe, l'esprit inondé par ces sensations, son odeur encore imprégnée sur moi je plonge lentement dans un sommeil profond.

Dans mon rêve, il se tient au-dessus de moi, son regard de braise plongé dans le mien, son souffle chaud contre ma peau ; je gémis lorsqu'il remonte sa main de ma cheville jusqu'à ma hanche découvrant ainsi ma peau sous ses doigts. Il contient son plaisir, je le sens dans la pression de ses doigts contre ma chair ; je ne distingue jamais entièrement son visage, ses yeux me captivent d'abord puis sa bouche, déroutée je me sens de plus en plus éloignée de lui, bientôt je ne ressens plus rien et un vide énorme se niche dans ma poitrine. J'ouvre brutalement les yeux en me redressant dans mon lit, haletante je regarde l'heure qu'il est. 3 h 07. Je me sens terriblement frustrée, secouée par la tournure qu'ont prise mes pensées, tout paraissait tellement réel ! Bien sûr je n'ai aucune de ses nouvelles, je ne m'attendais pas vraiment à ce qu'il me réponde je crois. Je me rendors après de longues minutes à reprendre mes esprits, et encore une fois, il ne me quitte pas.

Comme chaque dimanche soir avant de partir pour l'internat, je prépare ma valise et fais la liste de l'ensemble des affaires à ne surtout pas oublier ! Cette fois-ci, j'attends impatiemment de retrouver le lycée. J'ai passé un week-end maussade, monter à cheval, manger, boire, dormir et discuter de choses qui me paraissent tellement dérisoires. Lorsque je termine, je monte dans ma salle de répétition. Lumineuse et étroite, elle se compose d'un simple micro, d'amplificateurs, d'ordinateurs, de guitares, le tout dans un décor épuré. J'ouvre mon classeur de chansons et le dépose sur le pupitre, je démarre la playlist puis, face au micro, entonne la chanson de Céline Dion *My heart will go on.* Quand je chante, tout devient plus simple ; je m'élève avec la mélodie et me remplis de choses simples, naturelles. Je commence déjà à angoisser pour mercredi soir, nous serons deux chanteuses mais tellement de poids reposent sur nos épaules… Lorsque je descends dans la salle à manger pour dîner, j'explique enfin à ma mère mon programme pour le week-end prochain et donne mes instructions concernant Django.

— Tu n'oublies pas que je reste au lycée le week-end prochain ? Je suis en permanence sur l'exploitation, m'expliquais-je.

— Ah oui, c'est vrai ! Tu as tout ce qu'il te faut ? Il y a du travail ? demande ma mère, curieuse.

— J'irai à Leclerc à côté ne t'en fais pas. Je ne pense pas que le travail soit plus dur que d'habitude : nourrir les poneys, faire les boxes, les mettre au pré… Mais il y a le STA tu te souviens ?

J'essaie de paraître évasive sur le sujet.

— C'est super, tu ne t'ennuieras pas ! Qui est-ce qui s'occupe de ça ?

— C'est Paul Hevenot, le formateur en traction animale qui l'organise… Il m'a demandé d'aider si je le voulais, dis-je ne souhaitant pas m'étaler sur la suite des événements.

— Et qu'est-ce que tu vas faire là-bas ? demande-t-elle soudain plus sérieuse.

— Rien de spécial, probablement m'occuper des chevaux de trait avant et après les démonstrations, pourquoi ?

— Fais attention quand même, tu n'es pas assurée s'il t'arrive quelque chose…

— Maman, ça va aller ! répondais-je, blasée.

— Est-ce que tout va bien, Marie ? Tu n'es pas comme d'habitude ce week-end, s'inquiète-t-elle.

— Oui, ça va ! Ce sont les dossiers et les cours, je suis un peu crevée…

J'ai essayé d'être la plus convaincante possible et je crois que ça a marché. Nous mangeons pour la dernière fois de la semaine en famille et tout le monde a continué les discussions de banalités, pour changer.

CHAPITRE 6

Il est 9h15 quand mon père me dépose sur le parking du lycée comme chaque lundi. J'ai passé une très mauvaise nuit, à faire des cauchemars, à me réveiller en sueur, à attendre et encore attendre que le sommeil me gagne. Je l'ai dans la tête de manière paralysante, mon cerveau ne parvient pas lui-même à fonctionner sans que tout ne me ramène à lui. Si seulement ses actes étaient en accord avec ce qu'il pense, il me dit non puis m'offre la possibilité d'y croire ! Et moi j'ai l'impression de n'être qu'une chose sans cervelle, il me fait passer pour une nana complètement irresponsable, n'agissant que sur envie. Après avoir dit au revoir à mon père je prends ma valise qui est déjà bien assez lourde, mes sacs d'équitation et me dirige vers le hall d'entrée pour aller déposer mes affaires aux casiers. Arrivée devant la porte je pose mes sacs pour pouvoir ouvrir, je la maintiens avec mon pied et lorsque je m'empresse de passer pour ne pas me faire coincer, quelqu'un derrière moi me retient la porte. Je reconnais son visage, il s'appelle Léo je crois, c'est un des stagiaires de Paul et on avait discuté quelques fois lorsque j'avais été les aider. Il est jeune, environ 25 ans je dirai et bien plus grand que moi ; il me sourit et me surprend en me faisant la bise. Il prend mes sacs avant de rentrer avec moi dans le hall.

— Merci beaucoup... Léo, c'est ça ? demandais-je reconnaissante.

— C'est ça ! Et toi, Marie, c'est bien ça ?

J'acquiesce et m'apprête à reprendre mes sacs.

— Je te remercie pour la porte, je suis horriblement chargée !

Il imite une révérence et m'aide en prenant ma valise.

— Tu vas bien ? On ne te voit plus dernièrement ?

— Oui ça va ne t'en fais pas ; c'est simplement que j'ai eu beaucoup à faire depuis alors… Et toi, ça va ? Dans tes projets professionnels je veux dire… je demande orientant à nouveau la conversation.

— Oui très bien ! On est en chantier aujourd'hui à côté de la ferme. On commence à déplacer des grumes pour le STA et… cela pourrait être plus simple sans Paul ! dit-il sur un ton accusateur.

— Vraiment ? Il m'a paru plutôt cool quand je l'ai rencontré… soufflais-je, toujours innocente.

— Il est très gentil, et très professionnel bien sûr, mais on ne sait pas ce qu'il a depuis quelque temps ! Il est… comme absorbé par autre chose tu vois, préoccupé, et ça le rend pointilleux, comme si rien de ce que l'on pouvait faire ne le satisfaisait ! explique Léo, une moue agacée.

Pour la première fois depuis une semaine, je souris pour de vrai, parce qu'il est drôle et certainement parce que ce qu'il m'avoue me réjouit un peu. J'aperçois justement derrière les vitres l'intéressé, il arrive d'un pas décidé et mon sourire s'évanouit aussitôt.

— Je vais te laisser, j'ai cours mais ça m'a fait plaisir de te voir et encore merci ! dis-je en tentant de lui reprendre ma valise des mains.

Je me retourne et Léo m'attrape par le poignet, délicatement. Paul entre au même moment et nous fixe, sans gêne.

— Marie, je me demandais si tu accepterais de venir prendre un verre avec moi un soir ? ose-t-il demander timidement.

Je reste surprise un instant puis acquiesce.

— D'accord mais seulement un soir, j'ai pas mal à faire cette semaine…

— Ce soir peut-être ? demande-t-il empressé.

— Je suis désolée, j'ai des répétitions de musique, jeudi si tu veux ? proposais-je.

— Va pour jeudi ! répond-il souriant.

Paul est resté légèrement en retrait mais il l'interpelle rapidement en lui serrant une poignée de main.

— Salut, Léo ! Bonjour, me dit-il très solennel.

Son ton est placide comme d'habitude, il jette un regard furtif entre Léo et moi. Il se tient ainsi, nous laissant tous trois terriblement gênés.

— Marie, m'interpelle Léo en me tendant un bout de papier, je te donne mon numéro… Tu m'appelles pour jeudi ? demande-t-il, plein d'espoir.

— Sans problème, à plus tard alors ! dis-je avant qu'il ne parte.

Paul regarde autour de lui s'assurant que personne ne nous regarde et me lance un regard noir en se rapprochant dangereusement de moi. Il oublie certainement que le hall est encore occupé par une multitude de personnes à cette heure.

— C'est… ridicule, murmure-t-il à mon intention.

— Tout ça ne te regarde pas vraiment… Il s'agit de ma vie privée, lui expliquais-je.

— Ta vie privée ? Qui empiète sur le temps de travail de mes stagiaires…

Il répond simplement. Comme si c'était une évidence.

— Boire un verre avec un stagiaire après 18 heures ne rentre pas dans les horaires de travail, si ? je lui précise, feignant de ne pas en connaître les détails.

Il me regarde, encore une fois, méchamment. Mais je commence à cerner le personnage et cela ne m'inquiète plus vraiment. Il est visiblement à court d'argument et j'avoue que j'en jubile !

— Pardon mais, il est presque 9.40 heures et j'ai cours dans peu de temps, dis-je en reprenant mes affaires.

— Il s'agit de mon effectif de travail et, Léo, est le seul élément compétent que je puisse avoir pour l'instant… m'explique-t-il.

— Soit. Léo sera disponible selon tes besoins, tous les jours. Tous les jours sauf jeudi soir. On ne s'immisce pas dans la vie des gens, on ne porte pas de jugement et on ne s'invite pas dans ma vie, dis-je très calmement.

J'ai terminé en baissant la voix. Lui, remonte le menton vers moi et prends une grande inspiration.

— On verra ça, en attendant ce soir tu dois être à l'Ermitage !

Vraiment ?! Il adopte un ton sec et tranchant. J'essaie de faire preuve de calme pour ne pas lui hurler dessus en tenant compte du lieu où l'on se trouve depuis dix minutes.

— Qu'est-ce que tu imagines, Paul ? Que je vais rappliquer quand tu le demandes ? dis-je en riant nerveusement. Je vais faire ma part du boulot, uniquement dans le cadre de mes obligations professionnelles…

Je me suis rapprochée de lui pour lui murmurer ces mots en arborant une détermination beaucoup trop calme. Le hall s'est vidé puisque les cours ont commencé, et nous sommes toujours devant l'entrée. Il se penche vers moi pour articuler chaque syllabe de ce qu'il s'apprête à me dire.

— J'ai un Salon à organiser, et en l'occurrence des chevaux à travailler ; tu t'es portée volontaire pour travailler avec moi, alors tu assumes tes responsabilités…

— C'était avant que je sache que tu pouvais être un gros con ! lâchais-je sans gentillesse.

La tension est palpable. Quand je fais demi-tour pour partir, il me retient par le bras.

— Un gros con ?! me demande-t-il, à bout de nerfs.

— Lâche-moi et va te faire foutre !

Je suis hors de moi. Il m'attire dans la salle des photocopieuses à notre droite et referme la porte ; il jette ses papiers sur une petite table et s'approche de moi, me forçant à reculer contre le mur. Il se poste en face de moi, à quelques millimètres sans me toucher, tend sa bouche vers la mienne pour tenter de m'avoir, à nouveau, mais je me détourne sans aucune délicatesse. Je ne veux pas de lui, pas après cette grossière preuve de machisme !

— J'avoue que ton impulsivité me plaît mais là… Tu vas un peu loin ma chérie, susurre-t-il.

Il murmure à mon oreille, séducteur. Laissant les frissons me parcourir à chaque souffle.

— Je sais ce que tu ressens là, tout de suite… je t'énerve, je te pousse à bout. Mais tu me veux. Tu n'attends qu'une chose de moi… me dit-il en passant sa main dans le creux de mes reins pour que mes seins soient au contact de son torse.

Mon corps est, dans l'immédiat, un torrent d'émotions incalculables et surtout : ingérables.

— Lève les yeux vers moi…

Il parle maintenant de manière douce et attentionnée. Je me résigne à lever les yeux vers lui. Il saisit mon menton pour porter mes lèvres jusqu'à lui. Il embrasse mon front, mes yeux, mes joues, descend dans mon cou… Je l'arrête en m'écartant de lui.

— Comment tu oses te comporter comme ça ? soufflais-je à bout de mots.

Il semble reprendre ses esprits, m'observant comme si nous ne venions que d'échanger quelques banalités. Ses documents sous le bras, il s'apprête à ressortir ! Il en est hors de question !

— Je ne veux plus que tu me touches ! Tu n'as aucun courage… peut-être même aucun respect !

Il est redevenu placide, monotone. Il ne tente même pas de me cacher son indifférence. Et cette façon de faire me rebute !

— Tu ne réponds jamais, Paul c'est… écœurant. Je suis sérieuse quand je te dis d'arrêter, sache-le, dis-je sans animosité cette fois.

Je me ressaisis, passe devant lui sans un regard et file vers ma salle de cours. Cet homme a deux visages, deux personnalités. Un jour je suis sa muse et le suivant, je peux devenir aussi insignifiante qu'un grain de riz. Sans compter le ton condescendant sur lequel il s'adresse à moi lorsque la situation lui échappe. Sa maîtrise de lui, en toutes circonstances, lui joue des tours. Je crois d'ailleurs qu'il ne sait pas accueillir ce genre de sentiment. J'arrive à l'entrée de ma salle de cours, ouvre la porte et m'excuse du retard. Apolline m'observe et je la rejoins. Dès lors que je me retrouve assise, elle me regarde du coin de l'œil et je lui somme de ne pas poser de questions. J'aimerais qu'on me laisse un peu de répit ce matin. En sortant mes affaires, je fais tomber le papier avec le numéro de Léo, je m'empresse de le ramasser et le range dans ma poche. Problème suivant…

La matinée fut longue, la banalité des cours a eu raison de moi et je suis totalement endormie lorsqu'il faut que nous nous changions pour monter à cheval. Notre après-midi s'annonce elle aussi ennuyeuse : monter des chevaux qui ne nous reconnaissent plus, tourner en rond dans une carrière et lorsque nous en aurons terminé avec nos chevaux d'école nous irons manipuler des jeunes chevaux, à l'atelier équin. Nos travaux pratiques seraient tellement plus intéressants si seulement nous formions individuellement ses chevaux au lieu de ça, nous les passons de main en main. Quand je sors du vestiaire en tenue et en bottes d'équitation je croise Émeline qui me fait de grands signes. Elle accourt aussitôt.

— Chanteuse ! On se retrouve dans le hall à 17h30 ? s'extasie-t-elle.

Sa frivolité et sa joie débordante me laissent imaginer qu'elle est impatiente pour mercredi soir.

— Yes ! Rosie est avec nous ?

— Non, demain soir apparemment et mercredi après-midi mais ce soir elle n'a pas voulu louper la section sportive… J'espère que ça va aller ! me dit-elle agacée.

— On va assurer ne t'inquiète pas ! Je dois y aller, je vais monter. À ce soir !

Je suis expéditive car je la connais bien, elle commence par radoter et puis entre dans une colère noire parce que Rosie ne s'investit pas autant que les autres ! Les reproches fusent et on s'en tire souvent pour plusieurs minutes d'explications sur l'importance de la musique… Rosie et elle s'adorent pourtant mais Rosie a besoin de monter à cheval pour sa poursuite d'études et je partage entièrement son choix. Les études d'abord, les loisirs en second temps.

J'arrive dans le club-house, bondé comme d'habitude, et je m'assois pour préparer mes affaires dans l'attente de l'attribution des chevaux par Nadine, notre monitrice et professeure de zootechnie. À chaque fois nous rions de ce moment de désignation. Apolline et moi nous demandons toujours à quel cheval nous aurons droit aujourd'hui : celui qui ne sort jamais de son box et qui éjecte les cavaliers en boulets de canons ou le cheval qui souffre tellement du travail forcé qu'il ne daigne même plus faire semblant de travailler. C'est un triste constat. Aujourd'hui nous nous retrouvons du même côté de l'écurie avec Apolline, je monte Gin, une jument relativement bien formée et elle monte Belle. Pendant que l'on fait le pansage sur nos juments respectives, Apo m'expose son bilan personnalisé sur ma personne !

— Tu as retrouvé ta bonne humeur dis donc ! Le week-end t'a fait du bien, tu vois…

— Je me suis concentrée sur autre chose, je me suis vidée la tête… Ça m'a fait du bien, dis-je de bonne humeur.

— Tant mieux ! Tu ne le reverras plus maintenant ? suppose-t-elle.

— Arrête avec ça, s'il te plaît. Il n'y a rien avec Paul Hevenot, ce n'était pas à cause de lui si j'étais plus ou moins… nostalgique, expliquais-je tentant de dissimuler mon mensonge.

— Marie, je t'ai vu avec lui ce matin…

Je suis prise d'angoisse, je prie pour qu'elle ne nous ait vus que discuter dans le hall. Je pourrai sûrement troquer cette histoire contre un mensonge, mais pas ce qu'il s'est passé dans la salle de photocopies. Je l'interroge du regard et feins de ne pas savoir où elle veut en venir.

— Comment tu expliques que tu rayonnes à ce point ? Qu'est-ce qu'il se passe ?

— Je te l'ai dit ! J'ai passé un week-end calme et reposant et voilà…

J'expire bruyamment puis me faufile au fond du box pour peigner la queue de la jument. Apolline vient à la porte bien sûr et me fixe du regard. Elle paraît anxieuse et affiche une incompréhension notable.

— Je m'inquiète pour toi, Marie…

— Bon, Apolline, je t'adore, sincèrement et j'apprécie que tu te soucies autant de moi. Tu sais que je réagirai de la même manière pour toi mais là… stop ! Il ne se passe, strictement, rien. J'aimerais que tu arrêtes de t'imaginer je ne sais quoi ou d'affabuler des choses qui n'existent pas, répondis-je en secouant les mains en guise de protestation. Paul est un homme passionné et impressionnant par son parcours, j'admire beaucoup ce qu'il a fait de sa vie mais il n'y a aucune autre relation entre nous, ok ?

J'ai essayé d'être aussi persuasive que possible mais Apolline n'en démord pas. Elle acquiesce et retourne dans son box. Je selle ma jument sans y prêter attention et sors de l'écurie en direction de la carrière. Il fait beau aujourd'hui, c'est agréable. En montant à cheval on aperçoit à une centaine de mètres les chevaux de trait qui travaillent avec les stagiaires dans les prairies du lycée. Comme me l'avait dit Léo, ils s'affairent à ramener du bois pour le Salon. Je ne vois que son chapeau noir au loin mais j'imagine facilement maintenant les expressions de son visage, ses traits que j'ai eu le temps d'observer de plus près, son regard noir et perçant à travers ses yeux en demi-lune… Mes envies précoces prennent parfois le dessus mais je me souviens rapidement de la manière dont il m'a traitée ce matin. Je sais pertinemment que je ne peux pas continuer avec lui, d'abord pour cette relation qui n'en est pas une et puis parce que nous ne pouvons pas nous entendre. J'ai un instant cru que nous pouvions être complémentaires avant de me rendre compte qu'il pouvait se montrer manipulateur.

Nous passons une heure à cheval à travailler l'échauffement et la musculation ; dans quelques mois nous passerons notre examen pratique pour le Bac et nous nous devons d'être professionnels, en mesure d'évoluer seuls et dans le bien-être du cheval. Nous descendons de cheval à la suite du deuxième groupe qui entre dans la carrière. Il fait toujours beau quand nous attendons pour doucher les membres des chevaux, j'observe oisivement le ciel une dizaine de minutes avant de m'affairer. On finit par regagner les box communs et desseller nos chevaux en discutant nonchalamment de notre séance à chacune.

— Gin se couche sur le mors, tu sais, elle prend la main sur le cercle… expliquais-je à Apolline.

— Il faut que tu arrives à l'incurver sur l'épaule intérieure… répond-elle modestement. Je te montrerai un de ces quatre !

— Mmmh… Facile !

— Tu fais quoi ce soir ? me demande Apolline, suspicieuse.

— Je suis en salle de musique avec le groupe… Mercredi c'est le Jour J ! Tu seras là ?

— Bien sûr que oui ! Tu me donneras l'heure et puis j'y serai !

Je lui souris bêtement, heureuse de partager ça avec elle. Nous en terminons rapidement après le pansage, le groupe ne s'est pas encore rassemblé et j'en profite pour envoyer un message à Paul. Je ne peux pas me libérer ce soir, mon programme ne dépend pas de ses besoins.

— On fait un baby-foot avant de monter sur l'exploitation ? m'interpelle Apolline.

— Si tu veux ! Passons par l'extérieur, tu veux bien ? demandais-je orientant quelque peu ma question de manière innocente.

Je range mes affaires dans mon sac sous le regard accusateur de ma paranoïaque de copine ! On se quitte devant le portail du club, les filles partent de leur côté au foyer du lycée et nous longeons la lisse en bois, jusque sur la route, pour rejoindre l'entrée de l'établissement avec Apolline. Les adultes sont toujours sur place, à œuvrer activement avec les chevaux où les ordres se font entendre d'ici. Je ne discerne pas vraiment dans le détail les hommes qui travaillent dans le pré cependant, je parviens malgré tout à remarquer que celui que je cherche principalement n'est pas présent. J'arrive à reconnaître un homme d'une femme et la vérité se fait une place assez rapidement dans ma tête : la seule femme que je connaisse en formation est Lil. Et Lil n'est pas ici… Je pourrai facilement me convaincre qu'elle est simplement absente ou bien occupée ailleurs, je le pourrai seulement si Paul était présent sur le chantier, à côté de ses stagiaires, à faire son travail. Or, ils ne sont pas là et le dégoût, la tristesse, la colère m'envahissent tour à tour. J'évite de tourner la tête vers Apolline qui sait déjà probablement pourquoi nous nous sommes rendues jusqu'ici. Nous avançons ainsi jusqu'au parking et en nous dirigeant vers l'allée qui mène à l'arrière du lycée, je l'aperçois, avec elle, dans sa voiture… Sa main caresse sa joue et il l'embrasse chastement avant qu'elle ouvre la portière passager pour sortir. Il fait le tour de la voiture sans nous remarquer pour la rejoindre. Ils se regardent fixement et comme si ça ne suffisait pas, ils s'étreignent affectueusement pendant d'interminables minutes. Je les observe, figée, choquée par cette situation merdique, en cherchant des explications. Évidemment il n'y en a pas réellement… L'explication serait que ce type se joue de tout et de tout le monde. Qu'il enchaîne les conquêtes. C'est pour ça qu'il a certainement fini seul. Son égoïsme, sa maladresse permanente sont les seuls agissements qui l'ont isolé de ses sentiments. Nous décidons de ne pas rester là, j'embarque Apolline, mon bras passé dans le sien. Il tourne la tête au moment où il distingue sûrement un mouvement et me fixe sans gêne. J'ai tellement de rancœur à cet instant précis que je préfère me retirer, rapidement. En arrivant au vestiaire, je me repasse tous les moments que nous avons partagés, bons comme mauvais, les fois où il m'a touchée, où il a rendu les armes contre moi… Quelque chose s'est brisé, au fond de mon cœur.

Comme s'il voulait remuer le couteau dans la plaie, je reçois un message de lui, en réponse du mien sûrement.

« J'ai besoin que tu sois présente à 18 heures. »

Je regarde mon écran afficher cette phrase ridicule. Comme si nous nous étions quittés bons amis ou bien, comme si je n'avais été que la spectatrice d'une scène tout à fait banale.

Sa supériorité m'insupporte. Je ne répondrai pas, plus maintenant. Après m'être reprise, je me coiffe et me maquille légèrement, range mes affaires au vestiaire et rejoins les filles au foyer. Apolline m'ayant devancé depuis quelques minutes maintenant. Elle a d'ailleurs gardé le silence, étrangement, sur ce qu'on l'a vu. Peut-être a-t-elle enfin compris le désarroi dans lequel je me trouve ?

— Tiens, une revenante ! me crie Garance, excitée par le jeu.

— Alors les filles, qui est-ce qui gagne ?! lancé-je, faussement joyeuse.

— Allez viens Marie, je suis en tête contre elles deux ! répond Apolline.

Nous jouons plusieurs matchs et en gagnons 6 sur 8 ! J'ai retrouvé ma bonne humeur grâce à ça, grâce à elles ; je me sens soutenue, sans même qu'elles sachent pourquoi. Tout le monde s'agite un peu autour de nous, nous revenons rapidement à la réalité lorsque l'on voit les couloirs se remplir. Il est temps de partir en Travaux Pratiques. Il est 15 h 40 quand je dépose mes affaires aux casiers pour quitter le vestiaire vers l'exploitation. Je m'étonne au passage de constater que notre second groupe de classe travaille en bas, avec les stagiaires du CFPPA. Je croise Zaza qui remonte au bureau pour nous exposer le plan de l'après-midi. Enfin, au moins jusqu'à 17 h 30 évidemment.

— Alors ? demande-t-elle comme après chaque séance à cheval. C'était comment ? demande-t-elle en s'adressant à notre groupe qui se reforme petit à petit.

— Chiant, comme d'habitude ! lance Mellie, le tyran de la classe !

— C'est drôle, je m'attendais à ce genre de réponse ! Je ne sais même pas pourquoi je demande…

Puis, dans un élan de solidarité très certainement, son attention se reporte sur nous, les deux compères.

— Et vous, honnêtement ? demande-t-elle en fronçant les sourcils.

Elle s'exprime avec un demi-rictus aux lèvres. Nous nous regardons mutuellement puis répondons à l'unisson.

— Instructif !

— Moqueuses ! enchérit Zaza, aussitôt.

Notre rire est tellement tonitruant que tout le monde se retourne. Ne tardant pas à recouvrer notre sérieux, elle nous explique le travail que nous allons faire cet après-midi.

— Bien ! On va aider les adultes à préparer le terrain pour le STA, ce week-end. Il me faut un groupe pour démonter nos paddocks et en refaire plus loin. On verra ça avec le formateur en traction animale tout à l'heure, il a fait des plans, nous explique-t-elle en montrant du doigt les chevaux à déplacer. Marie tu restes aux écuries, tu vas faire le tour à vélo des prairies temporaires et puis mettre au point l'organisation pour samedi, ok ? me demande Zaza, confiante.

— Avec plaisir ! je réponds aussi sec.

Toutes les excuses seront bonnes pour repousser le moment où nous nous croiserons, lui et moi. De toute façon, il est bien trop occupé ailleurs pour expliquer quoi que ce soit à la classe !

— Apolline, tu l'accompagnes. Les autres, vous descendez avec moi, allez ! exige-t-elle en partant.

— Zaza ! Je te fais un plan pour la rotation dans les boxs ou pour les paddocks ? je le lui lance avant qu'elle ne disparaisse.

— Tu fais le tour des paddocks, et tu vérifies les clôtures ; si elles sont en bon état tu y mettras les chevaux. De toute façon, il faut savoir combien de chevaux seront là, nous n'aurons pas suffisamment de box. Avant que tu partes, vois ça avec Paul ! précise-t-elle.

Elle s'en va sur ces mots, et moi je prie pour paraître naturelle. Ils sont tous descendus avec des masses et des piquets en ferraille, quant à moi, j'enfourche un vélo et part avec Apolline sur les chemins du domaine. Malgré ma colère contre lui, j'essaie de prendre part aux festivités, d'habitude j'adore ce genre d'évènements, encore plus quand j'y participe, mais… aujourd'hui c'est différent. L'homme qui organise, fédère et participe à ce Salon, qui pourrait m'apprendre tellement de choses sur les chevaux, ce même homme me rend folle de rage et je ne parviens plus à le côtoyer comme avant. Nous faisons le tour habituel des rotations que l'on connaît, testant les clôtures en électricité, faisant le tour des champs pour contrôler la régularité des rubans. Il faut à tout prix que nous soyons de retour assez tôt pour que je puisse définir mon plan d'accueil. Tous les intervenants doivent se situer au plus près du site, les chevaux compris. Nous détenons 15 poneys d'élevage qui devront céder leurs places le temps du week-end. Pour cela, il faut que je puisse avoir un effectif… Et je suis dans l'obligation d'attendre le chef d'orchestre.

Il est 17h15 quand tout le monde arrive, boue jusqu'au genou et vêtements trempés. Une averse a eu l'air de tomber, une averse que nous n'avons heureusement pas prise sur la tête en vadrouille. Comme pour chaque séance, du moins les séances où nous avons été généreux, Élisabeth nous laisse partir plus tôt, ce qui redonne le sourire à la moitié du groupe qui s'empresse de prendre leurs affaires.

— Je te laisse Marie, mes parents m'attendent… À demain ? me lance Apolline.

— À demain, Apo ! répondis-je souriante.

Je me retrouve donc seule, Zaza au bout de l'écurie, bricolant les dernières rations pour les chevaux. Je me renferme petit à petit sur moi-même et commence déjà à regretter mon rôle dans cette organisation. Je serai professionnelle, il faut que je sois professionnelle… et intraitable ! Je ne compte pas lui offrir l'opportunité de changer de sujet.

— Marie j'y vais, je vais chercher Théo à l'école ! Tu attends Paul, il ne va pas tarder ? Pense bien à tout fermer quand tu t'en vas, me dit-elle.

— Ça marche Zaza, à plus tard ! lançais-je.

Cette fois c'est moi qui lui offre un bisou, d'abord parce que j'en ai besoin et ensuite parce que je sais que l'on s'apprécie, l'une comme l'autre. Le froid commence à arriver et la nuit tombe petit à petit. J'éteins la lumière des boxes après que les chevaux aient été nourris et je pars me terrer dans le bureau, fermée avec le radiateur, mes papiers établis à la hâte posés sur le bureau. Il est 17h45, Paul n'est toujours pas là. Je n'attendrai pas toute la nuit et j'espère d'ailleurs qu'il aura oublié de repasser par ici. Quand je me lève, les feuilles sous le bras prête à déguerpir, la porte du bureau s'ouvre sur lui. Les traits de son visage sont creusés par la fatigue, il tient sous son coude tout un tas de papiers, ses vêtements ne sont pas épargnés non plus et, avant que je ne puisse dire quoi que ce soit, il referme la porte sur son passage. Il ne dit rien, tire la chaise en face de moi pour s'asseoir, les bras croisés sur son torse. Il attend, quoi je ne sais pas, mais il reste stoïque et ne compte pas entamer la discussion.

Je me rassois donc sur ma chaise, les lèvres pincées. J'ouvre le classeur de la liste des chevaux accompagnée des plans cadastraux des parcelles. Quand j'ose enfin relever la tête, il est toujours dans la même position. Rien n'a bougé, il sait être parfaitement maître de lui-même quand il le veut. Moi, je ne revois que son visage près d'elle et la sensation que ça me procure encore. Je me décide finalement à commencer, souhaitant ne pas m'attarder dans ce bureau, avec lui.

— Je n'ai que… Trois minutes, dis-je en regardant l'heure sur mon portable. Élisabeth a voulu que l'on voit ensemble comment tu comptes héberger les chevaux du Salon durant les deux jours, tout en sachant qu'il faut que je puisse loger en priorité les nôtres… expliquais-je d'une traite en me référant aux documents entre mes mains. Combien de chevaux sont attendus ? demandais-je un stylo à la main.

Il reste silencieux, comme s'il avait entendu mais que ça ne s'adressait pas à lui. Sa platitude m'agace et me rappelle que je perds un temps précieux, un temps sur mes répétitions. Quand je soupire d'impatience, il prend quand même la peine de se redresser, ouvrir son dossier posé sur le bureau pour me tendre un document officiel d'inscription. Je jette un bref coup d'œil sur la liste des intervenants et des documents d'identifications de leurs chevaux. Il me le glisse puis se repositionne contre le dossier de sa chaise, les jambes croisées, ses mains posées sur ses cuisses.

— Si tu ne comptes pas ajouter quelque chose à ce sujet, on peut s'en tenir là. Tu discuteras des détails avec Élisabeth, dis-je sans laisser place à une réponse.

Je me lève rapidement, récupère mes documents pour contourner le bureau. Avant même que je n'arrive à sa hauteur, il me saisit le poignet et me fixe durement.

— Assieds-toi !

Sa voix est basse, catégorique. Je n'en fais rien.

— J'aimerais qu'on parle calmement, Marie, alors assieds-toi… m'explique-t-il en tentant de garder son calme.

— Tu veux parler ? J'attends toujours que tu daignes m'apporter une réponse plus… concluante que de me jeter un pauvre papier en guise de retour !

— Est-ce que l'on va être en guerre longtemps ?

— Nous ne sommes pas en guerre, pas pour les quelques jours à venir. Nous coopérons dans le cadre de ce… de cette manifestation, répondis-je en faisant les cent pas.

Il laisse passer quelques secondes, un moment je crois qu'il va répliquer mais il reporte son attention sur le plan que j'ai laissé pour Élisabeth. Sa réponse se fait enfin entendre !

— Tous les chevaux, l'équipement compris, seront accueillis à l'Ermitage. Il faut juste qu'ils puissent attendre quelque part entre chaque intervention. Je t'ai transmis la liste des noms et des horaires vendredi, tu as tous les éléments… souffle-t-il en me regardant avec intensité.

— Ok. Je verrai ça demain avec Élisabeth et elle reviendra vers toi ! dis-je en atteignant la porte.

Il se lève brusquement et me bloque le passage. Je ne veux pas qu'il s'approche de moi.

— Laisse-moi passer, je suis attendue !

Il avance un pas et je lui crie dessus.

— Stop !

Il avance encore, se moquant complètement de ce que je lui dis. Il m'arrache les documents des mains pour les lancer sur le bureau. Il s'avance sur moi comme un félin devant sa proie, je recule au maximum jusqu'à buter contre le mur. Il se lèche la lèvre inférieure, m'observe avec appétit pour finir par m'attraper par les fesses pour me coller à lui. Je me débats violemment et le gifle dans ma folie. Il me lâche pour serrer ma mâchoire dans sa main.

— Ne me gifle pas… souffle-t-il, hargneux.

Je secoue la tête pour l'obliger à desserrer son emprise, il n'en fait rien. Il me maintient le visage, ses mains sur mes joues.

— Lâche-moi, bordel, lâche-moi… suppliais-je en fermant mes yeux déjà humides.

— C'est fini, tu m'entends ? Avec elle, c'est terminé… murmure-t-il en rapprochant ses lèvres des miennes.

— Pourquoi tu te sens obligé de m'expliquer ? ! Tu oublies que je ne suis personne pour toi ! lâchais-je en le repoussant pour qu'enfin il me lâche.

— Je sais que tu nous as vus ! me dit-il en se contenant pour ne pas crier.

— Tu ne comprends pas ? J'en ai rien à faire de vos histoires de cul ! Que tu la sautes ou non, je ne veux pas le savoir. Tu es manipulateur, égoïste, tu finiras seul, c'est ce que tu aimes de toute façon ! dis-je en souriant méchamment.

Il m'attrape pour m'attirer vers lui, m'assied sur le bureau en tentant de m'embrasser. Je me débats, refusant d'obéir à ses petites envies inassouvies mais il maintient mes deux mains dans la sienne et de l'autre mon cou. Je tente de me libérer, en vain. Il écrase sa bouche sur la mienne. Je résiste d'abord, l'empêchant de glisser sa langue en moi puis m'immobilise sous la chaleur de ses lèvres. Il détend peu à peu la tension de ses doigts sur moi pour gémir contre mes lèvres. Je ne sais plus vraiment ce que je veux en cet instant. Un torrent d'émotions me traverse sans que je ne sache quoi faire. Je m'écarte de ses lèvres pour reprendre mon souffle, lui continue son ascension dans mon cou, ses mains passées derrière mes fesses pour m'attirer contre son bassin. Je halète d'excitation, perdue dans un océan d'érotisme, mes mains accrochées à sa nuque. Il se redresse pour m'observer, nos yeux à quelques centimètres, puis ses doigts se glissent sous mon épaisseur de pull. Il ne me perd jamais du regard et lèche mes lèvres en gémissant d'attente.

— Si tu savais ce que j'ai envie de toi, là, maintenant, chuchote-t-il en me retirant le pull.

Je suis maintenant en sous-vêtements, il me regarde timidement en baissant les yeux sur mes seins qu'il caresse du revers de la main. Il attend, certainement mon accord ou bien que je daigne faire quelque chose.

— Tu me mets toujours… hors de moi ! chuchotais-je en respirant à moitié.

Il m'embrasse encore, de manière insistante cette fois. Il m'allonge sur le bureau, lui placé entre mes jambes qu'il vient d'écarter.

— C'est tout ce que je te fais comme effet, bébé… ? soupire-t-il en remontant sur mon visage, sa main déboutonnant maintenant mon pantalon d'équitation pour me caresser à un endroit que personne n'avait jamais pu toucher. Je rejette la tête en arrière sous la pression de ses doigts contre mon intimité. J'ouvre les yeux pour le voir, brillants d'excitation, sa main œuvrant sans répit sur moi.

— Ne fais pas ça, lui demandais-je en soupirant, cherchant à refermer les cuisses. Il empêche bien sûr le moindre de mes mouvements pour se jeter à nouveau sur ma bouche. Il me suce, me dévore, et moi je me consume. Soudain, une sensation inconnue s'empare de moi, j'ai les yeux vitreux et je sens toutes mes entrailles s'ouvrir. Mon ventre fourmille et sa lente torture m'emmène dans un monde parallèle, chaotique. Je ne peux plus réfléchir et à mesure que sa main me touche, ses lèvres embrassant mes seins à travers mon soutien-gorge, je soupire de plus en plus fort. Quand enfin j'atteins l'apogée du plaisir, je me sens disparaître, réduite en poussière, gémissante sous la main qu'il pose sur ma bouche pour ne pas laisser mes hurlements envahir l'espace. Cela dure quelques secondes qui me paraissent être des heures, mon cerveau n'est plus vraiment connecté à mon corps et je ne remarque même pas qu'il s'est redressé pour se tenir debout face à moi. Il affiche un sourire satisfait, m'attrapant par les mains pour que je puisse m'asseoir. Je libère mes mains et le repousse violemment. Il sourit, sans rien dire.

— À quoi ça sert tout ça ? ! répliquais-je en enfilant mon pull puis boutonnant mon pantalon.

— Cela ne doit pas forcément servir à quelque chose... s'explique-t-il simplement, comme s'il s'agissait uniquement d'une formalité.

Son sourire disparaît quand je ris ouvertement sur cette phrase qui pourrait sortir tout droit d'un film d'auteur.

— Tu es toujours une victime, hein ? demandais-je sans vraiment attendre de réponse. Et maintenant tu fais quoi, laquelle tu vas te décider à garder ? proposais-je en descendant du bureau.

— Lil ne fait pas partie de ma vie. Elle n'en fera jamais partie, c'était une erreur de plus, finit-il par s'avouer à lui-même, m'incluant sûrement dans ces épisodes de sa vie.

— Tu es la personne la plus néfaste que j'ai eu à rencontrer dans ma vie ! lui dis-je en lui jetant les plans, que je viens de froisser dans mes mains, au visage. Son mépris a l'effet d'une bombe sur mon cœur, mon corps assouvi de l'instant, après un orgasme traversant de cet homme saisissant. Cet homme qui, pour l'heure, me remplit autant de haine que d'envie...

Imprimé en France
ISBN 979-10-406-0663-5
Dépôt légal : 3e trimestre 2023

Imprimé en France
FRHW010252090124
37672FR00009B/141

9 791040 606635